이전과 다르지 않다,
아마 미래도

이전과 다르지 않다,
아마 미래도

추성은 산문집

시작의 장면에는 언제나 내가 있었어. 도망치는 내가 있었어. 가시 미로처럼 얼기설기 만들어진 마음에서 내달리는 내가. 주어진 것에 안주하지 못하고, 벽을 넘고. 넘어가다 다치고, 내면의 어느 한구석에 옹송그린 채 울면서 잠드는. 입술을 조금 적실 정도로만 내리는 빗물을 받아먹고. 새콤한 열매를 겨우 따먹으면서. 분명히 온 힘을 다해 치열하게 살지만 온 힘을 다해 사는 것이 보통에 전혀 미치지 못하는 내가 있었지.

내가 만들어낸 세계에서 나를 쫓는 건 언제나 나 자신의 시선뿐이었으므로. 나의 뒤통수를 지켜보는 관객은 내가 세운 또 다른 나였어. 당연하게도 외로움과 발등을 치는 침묵도. 슬픔조차도 전부 내 몫이었어.

가만히 앉아 바닥의 돌멩이를 주우며. 가끔은 그 작고 작은 돌멩이에 가까운 것의 이름을 붙이기도 했다. 너는 슬픔. 너는 기쁨. 너는 불안. 너는 미래. 너는 침묵. 공깃돌 놀이는 시간 가는지 모르니 영원히 반복할 수도 있을 것 같았지. 가끔 돌멩이들을 멀리 던져 버렸을 때. 그것이 영영 돌아오지 않을 것 같다고 느낄 때. 영원한 상실이라는 건 내게 가까이 있다가 갑자기 멀어지는 것이라는 걸 비로소 알게 되었을 때.

나는 많은 것으로부터 도망쳤지만, 나의 시선만은 계속 내 뒤에
놓여 있었고.
나로부터는 영영 도망치지 못했지.

그러니 정확하고도 부드러운 눈으로 나를 주시해야지.
모든 게 내게서 도망가더라도 나는 나와 끝까지 함께 해야지.

1부

낮은 곳으로 기우는 눈물

씨앗

시작으로는 무슨 이야기를 하면 좋을까. 서울의 집 주변을 길게 둘러싸고 있는 불광천. 봄 끝물, 그 물가 곁을 지키는 것처럼 느릿느릿 걷다 보면 재채기를 두 번은 꼭 하게 된다. 꽃가루구나. 내 눈에는 도무지 보이지 않는 꽃가루가 분명 이곳에 있다는 존재감을 확인시키는 것처럼. 보이지 않는데도 분명히 있다는 건 이상한 일이다. 눈을 가늘게 뜨고 물가 위를 유심히 지켜본다. 그러면 흐르는 물 위로 희박하게 무언가 보이기도 한다. 공기 중으로 흐늘흐늘 날아다니는 이팝나무 씨앗. 자기 자신을 배양하기 위해 온몸으로 애쓰지 않고, 그냥 날아다니기만 하는 씨앗. 이대로 어디에 가서 자신을 온전히 뿌리내릴 수 있을지 모를 일이다. 사실 이팝나무가 아니라 조팝나무일 수도 있다. 나는 둘을 구분 짓는 법을 잘 모르니까. 의외로 눈에 종종 보이는 그것들은 꽃가루로 분류되지 않는다고 한다. 이상하다고 생각한다. 이상하니까 좋다.

임솔아 작가는 「초파리 돌보기」에서 조팝나무와 이팝나무의 구분에 대해 말한 적 있다. 두 개체는 무척 닮은 듯하지만, 조팝나무는 입을 '오'하고 벌린 채 발음하게 되고, 이팝나무는 가로로 '이'하고 발음하게 된다고. 그 부분이 인상적이었다. 닮은 듯 다르게 구별되는 두 개체. 도시를 분주하게 지나가는 사람들이 그렇듯 말이다.

내 글, 또한 내가 다시 태어난다면, 이팝나무나 조팝나무의 씨앗이 되지 않을까 생각한다. 목적성 없이 출발해서 어디론가 정착하게 되니까. 아마 이 글도 그렇게 되겠지. 무엇을 써야겠다고, 글을 쓰기 전에 꼭 다짐을 해봐도 결과적으로 도착하는 곳은 아주 먼 곳이다. 나의 사고가 임계치를 넘어가게 된다. 길을 걷다 보면 나의 안에서 무언가 간질거린다. 꿈틀거려서 몇 번 재채기를 하고, 다 털어냈다고 생각한다. 나중에 집에 돌아와서 옷을 털어본다. 그러면 나의 옷과 가방과 일상 속에 아주 자연스러운 형태로 틈입한 꽃가루 또는 먼지 같은 것. 그러면 나는, 나를 이루는 것 중에 내가 모르는 사이에 진행된 것도 있겠구나, 떠올리게 된다.

장소성이라는 것

엠마 골드먼은 "만일 내가 춤출 수 없다면 그것은 나의 혁명이 아니다(If I can't dance, I don't want to be part of your revolution)."라고 했다. 이런 말을 했다는 사실이 진짜인지 가짜인지, 진위 여부는 모른다고는 하지만. 이 문장을 알게 된 계기는 일민미술관에서 진행한 오민 작가의 전시 〈노래해야 한다면 나는 당신의 혁명에 참여하지 않겠습니다〉를 보고서다.

일민미술관은 광화문 바로 옆에 있는데, 당시 전시 현장 바깥에서는 동시에 세 가지의 시위가 진행되고 있었다. 광화문 광장은 참 이상한 곳이다. 광화문에 갈 때마다 그곳만큼 이상한 장소가 없으리라 느낀다. 큰 거리 한가운데를 가로지르는 위인의 동상. 그 사이를 둘러싸고 여러 정치적 사유로 진영을 나누고 앉아 있는 시위 무리. 수많은 천막에 상주하고 있는 사람들. 그 가운데 크고 작은 전시관이나 미술관이 있다. 내가 미술관에서 전시를 보고 있는 동안 사람들은 밖에서 큰 소리 지르고 노래를 불렀다. 유행하는 노래에 가사를 개사해 붙이면서. 광화문에 서 있다 보면 그들의 정치적 방향성을 지지함과 아님을 떠나, 말 그대로 그들이 원하는 세계로 진입하는 혁명의 춤과 노래는 분명히 존재하는 듯싶다. (어쩌면 내가 예술의 정치화나 프로파간다를 지지하는 것처럼 느껴질 위험이 있으나, 그것과는 또 엄연히 다르다고 말하고 싶다.)

예술이라는 건 삶과 아주 밀접하게 연관돼 있으니, 삶의 기틀을 이루는 장소와 정치는 가까이 붙어 있을 수밖에 없다는 사실도 조용히 깨닫게 되기도 한다. 이 장소가 있음으로써 유지되는 것은 그들이 가진 영혼의 춤과 노래일까? 광화문 거리에 서 있는 몇백 년 전의 위인이 불멸의 위인이라고 불리는 것처럼. 그들의 움직임은 영원히 계속될까.

이런 장소가 조성된다는 것. 사람이 이곳을 움직이는 게 아니라, 정해진 이 장소가 사람을 움직이게 한다는 점이 신비롭고도 재밌다. 마치 가수를 위해 준비된 무대처럼. 장소가 사람을 만든다는 것도 이런 것 같다. 만약 내가 전혀 다른 곳에서 자랐다면? 아예 다른 사람이 되었을까. 여전히 글을 쓸까. 쓰지 않았을까. 내가 자라온 환경이 나를 고독하게 만들었기에 그 장소성이 나를 글 쓰는 사람으로 만들었을까. 언제나 의문스럽다.

어떤 과정이 있었든, 지금의 나는 쓰는 존재가 되었구나. 그런 사실이 안심이 되기도, 슬프기도 하다. 글을 쓰는 사람들은 대체로 좀 슬픈 사람이니까. 슬프지만 춤추고 노래하고 싶은 사람들이니까.

세상에는 다양한 규범이 있다. 세상 사람들은 바쁘다. 이런 곳에서 춤을 출 수 있는 사람은 얼마나 있을까. 하다못해 무대 위에서 춤을 추고 노래하는 사람들도 진정으로 즐길 수 있을까. 모조리 의문스럽다.

나에게 글쓰기는 그냥 춤추는 거다. 특히 시 쓰기란 그렇다. 누군가에게 시를 가르칠 때도, 피드백을 할 때도 어느 정도 염두에 두고 있는 것이다. 아무 의미 없는 몸짓일 뿐이다. 문장을 하나하나 분석하고, 그 의미를 추적하는 글쓰기는 이제 없다.

나는 왜 글을 쓰게 되었을까. 그런 결심을 하게 된 계기는 무엇이냐는 질문을 받을 때마다 사실 곤란해진다. 왜냐하면 딱히 무슨 결심으로 글을 써 본 적은 한 번도 없다. 아마 어떤 결연한 마음가짐으로 글을 쓸 수 있는 시대는 몇십 년 전에 훌쩍 지나버리고 말았다는 생각도 든다. 나는 나의 글로 어느 사람을 바꾸고 싶거나, 세상을 바꾸고 싶지 않다. 아마 글 몇 줄 써서 세상을 바꿀 수 있었다면 세상 모든 사람이 글 쓰고 앉아 있겠지. 물론 글의 힘을 부정하려는 것은 아니다.

다만, 글을 쓴다는 것은 단순히 나 자신을 소모하는 일이라는 생각도 든다. 마치 운동을 하며 몸의 힘을 소모하듯이. 글을 쓰면서 내 안에 있던 생각을 물처럼 흘려보낸다. 그렇지 않으면 머릿속이 터져버릴지도 모른다. 아니면 심장이.

마치 물을 가득 채운 풍선처럼 점점 커지다가 어느 순간 터지는 상상을 한다.

먼 과거에는 마음이 심장에 있는지, 뇌에 있는지를 논했다고 한다. 지금은 사고 체계가 뇌에 있다고 당연하게 여기지만, 과거에는 알 수 없었을 테니 충분히 이해가 된다. 하지만 인간을 이루는 마음, 혹은 영혼이 어디에 있는지가 과연 중요한 걸까? 옛사람들은 치명적인 부위인 머리나 심장을 곧 영혼의 자리라고 믿었지만, 만약 그게 발바닥이나 배 속에 있었다면? 프로크루스테스의 침대에 묶여 발목이 잘리는 순간, 영혼이 빠져나갈 수도 있는 걸까? 그렇게 영문도 모른 채 마음을 잃고 살아가는 사람이 있다면?

가끔 온갖 매체에서 마음 없이 살아가는 사람들을 본다. 그럴 때마다 내 안에 하나의 장소를 잃어버리는 기분이 든다. 나도 모르는 사이, 내 영혼과 마음이 빠져나갈 수도 있겠지. 그래도 그전까지는 온 마음을 다해 쓴 글을 꽉 쥐고 있고 싶다. 내 육신이 연약하고 희미할지언정, 사라지지 않는 불멸의 문장을 남기고 싶다.

결손 예언

시를 쓰는 데에는 큰 준비가 필요하지 않다. 오직 나의 지친 몸과 마음이 필요하지. 무엇도 하기 싫어서 침대 위에 축 늘어진 무거운 몸을 끌고 책상 앞에 앉는다. 나의 마음을 동력 삼아 문장을 직조한다. 글을 적는 이들은 왜일까, 대체로 형질이 비슷하다. 말과 생각이 많은 사람들. 그러면서도 조금은 외골수인 자들. 그러나 시를 쓰는 사람들은 조금 그 성질이 다른 것 같기도 하다.

언어를 다루는 자들 중에서도 시인은 모자람의 미학에 있는 듯하다. 시를 쓴다는 건 비워냄의 작업이니까. 머릿속으로 들어오는 많은 상념을 밀어내고 적절한 시의 언어를 골라 글을 쓴다. 그렇게 적절한 것을 고르다 보면 결국 가장 가까운 일상에 대한 말을 하게 된다. 존 로널스 톨킨이 쓰는 먼 세계의 환상향이 아니라 내 발걸음이 닿는 강변과 좁은 골목에 세워진 낮은 건물에 대한 이야기.

최근에는 글이 안 풀릴 때가 잦다. 머리를 붙들어 잡고, 샤워를 하고, 수챗구멍 사이로 빠져나가는 나의 상념들과 머리카락을 치우고, 산책을 나가고, 미칠 것 같은 감각이 들 때쯤 침대 머리맡에 마구잡이로 섞어 쌓아 올린 책들을 뒤적거린다. 그 가운데, 아무거나 손에 잡히는 대로 펼쳐 읽어보기도 한다. 순서와 차례를 따지지 않고, 아무렇게나 휘릭휘릭 페이지를 넘기다 보면 과거의 내가 밑줄을 그어 둔 문장을 만나게 된다.

역사가는 과거를 적는 자, 시인은 미래를 말하는 자. 시는 보편적인 것을 이야기하지만, 역사는 개별적이고 특수한 것을 말한다. (아리스토텔레스, 『시학』)

정말로 시인은 예언자가 될 수 있을까. 믿을 수 없지만 먼 과거의 철학자는 그렇게 말하고 있다. 시인은 별자리를 보며 미래를 점치는 동방박사도, 천문학자도 아닌데. 어떻게 미래를 말하는 사람이 될 수 있을까. 그건 단지 평범한 일상에 대해 말하는 우리일 뿐. 길가의 낮은 담장에 오른 담쟁이 식물과, 골목 구석진 곳에 있는 작은 생명에 대해 쓰는. 우리는 작고 희박한 슬픔을 말하는 사람일 뿐인데. 그런 생각을 연이어 해나가다 보면 이상하게도 그 말이 퍽 이해가 된다. 우리가 겪는 슬픔은 이상할 정도로 무한하게 반복되고 있다는 사실을. 세상에는 이상할 정도로 똑같거나 비슷한 모습을 한 부조리가 일어나고. 지금 내가 써 내려가는 상실은 백 년 후에 겪는 상실과 퍽 다르지도 않을 것이다. 그렇게 일상에서 만나게 되는 우리의 슬픔은 너무나 일상적이고, 너무나 잦다.

나는 무언가를 자꾸 잃어버리게 되고, 나는 무엇을 잃었는지도 모르는 채로, 세상에게 두들겨 맞은 것처럼 훼손된 온몸을 질질 끌면서 지낸다.

내가 시를 쓰는 건, 내가 시인이 된 건. 세상 어디에서, 시를 쓰는 사람들이 계속 발생하고 있는 건. 어쩌면 자기 자신을 비워내는 작업을 한 것이 아니라 무언가, 나도 모르는 커다란 스푼이 나의 마음을 크게 한 숟가락 떠서 나의 한 구석이 강제로 비워진 것 아닐까. 아니면 길거리를 쏘다니며 어딘가에 나 자신의 영혼이 발 빠지는 줄도 모르고 흘려버리고 돌아온 것 아닐까. 그런 생각도 든다. 마음의 결손. 미래에 대해 아무것도 모르는 채로 단지 나의 사라진 부분에 대해 자꾸, 거듭해서 말하게 되는데. 어째서인지 그 상실이. 단순히 '나의 없음'이, 미래에 가서도 똑같은 일이 되어서. 그러니 예언이 되어 고장난 카세트 테이프처럼 되풀이 되는 거다.

그렇게 무한에 가까울 정도로, 세상 어딘가에서 반복될 우리의 슬픔. 그게 예언이 될 거라는 점이. 나는 어쩐지 두렵다.

종이배 접기

먼 고대의 어느 역사가는 나룻배를 타고 혼자 대륙을 넘어갔다고 한다. 그로부터 몇 세기가 지났고, 어린 시절의 나는 종이로 배를 접는 법을 배웠지. 나에게는 종이배에 태울 만한 역사가가 없었다. 대신 한강에서는 한 커플이 오리배를 타고 있었다.

나는 도시락으로 가져온 컵라면을 먹으면서 작은 한강 부지를 빙글빙글 도는 오리배를 보았다. 두 명이 페달을 번갈아 밟는 모습을. 사이 좋은 풍경을. 오리는 물속에서 아주 바쁘게 두 개의 발을 움직이고 있다는, 사실인지 아닌지 아무래도 상관 없는 오리의 본분과 단순한 내러티브를 떠올리게 되는데.

어린 날의 나는 자전거 타는 법을 몰랐다. 그러니 페달 밟는 법도 모를 게 분명했다. 그렇다고 내가 역사가와 함께 작은 나룻배에 타거나 또는 오리가 될 수도 없는 일이었다. 한강에는 오리배. 오리배에 탄 두 명. 나는 역사가를 찾지 못한 채로 배 접는 방법을 잊어버렸고.

그러는 채로 자라버렸지만. 그러면 될 일이었다.

이전과 다르지 않다, 아마 미래도

고등학생 1학년 때, 한 선생께서 글을 쓰겠다는 내게 소설가와 시인의 다른 점에 대해서 알고 있느냐고 물어보았다. 소설가는 소설을 쓰고, 시인은 시를 써요. 구체적인 차이에 대해 마땅히 생각해보지 않은 나는 그 정도의 대답밖에 하지 못했다. 그분은 내게 온후하게 웃어주며 또 다른 점이 있다고 설명했다. 소설가는 小說家로 흔히 직업을 지칭하는 家를 써서 소설을 만드는 '직업'을 가진 사람이 맞다고. 그러나 시인은 詩人 말 그대로 시를 쓰는 인간일 뿐이라고. 그러니 시를 쓰는 순간 시인은 누구나 될 수 있다고 말해주었다. 시에 끌리게 된 계기가 그것이었을지도. 단순히 시를 읽고 좋아한다는 사실만으로 나는 어떤 문학인의 이름을 가지게 되는 것 같았다.

다만 실제로 시인이 되는 일은 좀 달랐다. 등단이라는 제도가 사실상 시인이라는 이름을 가지게 되는 길을 가로막고 있었다. 나를 시인으로 만들어 주는 건 단순히 시를 좋아한다는 사실이 아니었다. 제도 내에서 합의된 후에야 그를 '시인'이라고 불러주었다. 요즘에는 이런 체계에 반발하며 등단을 거부하는 작가들도 많이 보인다. 그들의 글을 읽어보면 기성 작가들과 큰 차이를 느끼지 못할 정도로 첨예한 글을 쓰는 경우도 더러 있다.

24년은 내게 많은 변화를 가져다 준 격동의 해였지만, 그렇다고 완전히 달라진 것 같지 않았다. 여전히 친구와 만나서 수다 떨기를, 새벽에 혼자 나가 커피 마시는 걸, 모르는 골목을 따라 산책하기를 좋아하고. 여전히 요리에 서툴고, 대신 틈틈이 시를 쓰고 있다. 달라진 건 내가 정말 '시인'이 되었다는 것뿐이지. 나의 글에 어떤 권력도 작용하지 않으면 좋겠지만, 이미 내가 어떤 권력에 의한 제도로 등단을 한 이상 그렇게 바라는 건 기만적이기도 할 것이다.

예술을 하는데 증명과 자격은 어째서 필요한 걸까. 나는 문학에 진입하는 길이 어려워지는 걸 원치 않는다. 누구나 아무렇게나 들락날락하면 좋겠다. 그냥 여닫이문처럼. 글을 쓰고 읽다가도 질리면 그만둘 수 있고. 그러다가 생각나면 다시 들여다보고. 들어갈 때 어떤 마음가짐도 필요 없는 편안한 장소처럼.

어떤 저주

　나의 등단작은 새와 죽음에 관련된 이야기다. 동물이 좋다. 정확하게는 자연에서 비롯된 모든 것이 좋다. 인간을 위해 조형된 것이 아니라, 자기 자신을 위해 살아가는 존재가 좋다. 물론, 자기 자신을 위해 살아가는 인간의 야만성도 어느 정도는 긍정하고 있다. 기본적으로 생명이 부여된 것은 내게 있어서 무조건적인 좋음의 영역에 들어간다. 뭐든 쉽게 싫어하거나 혐오하지 않으려고 한다.

　사람이라는 존재가 자연성과 멀어지는 이유는 이지가 있기 때문이겠지. 앎이라는 건 축복이지만, 동시에 참 저주스러운 것이라고도 생각한다.

　길을 가다가 날개를 다친 새를 만났다. 그 앞에는 고양이가 있었다. 새와 고양이는 아주 지척에 있었다. 나는 주저하면서도 고양이를 막아섰다. 그러나 고양이가 나를 피해 달려들면서 새를 죽이는 건 아주 삽시간이었다. 나는 새를 죽이는 고양이로부터 빠르게 도망쳤다. 새를 죽이는 고양이를 미워할 이유는 없다. 고양이에겐 악의가 없다. 본능에 의한 운동성이 몸에 있다. 새도 잘못이 없다. 어쩌면 내가 개입했다는 죄책감만이 두 객체 사이를 이어주게 되는 것이다. 고양이도 새도 슬프지 않은데, 나만이 느끼는 무언가가 인간이 인간일 수 있는 까닭이기도 하고, 저주이기도 할 테다.

외로움과 마주앉은 것

나는 남들의 속도대로 살고 있지 않은 것 같다. 적어도 대한민국의 평균을 생각하면 그렇다. 아니, 평균이라는 건 뭐지? 적절한 용법으로 사용된 지는 모르겠지만, 나는 아나키스트 체질이 아닐까 싶다. 또 그렇지도 않은가. 나를 보호해 주는 국가도, 도시도, 인종도, 무엇도 없이 홀로 독단적으로 살아가면 외로울 것도 같다. 근데 그 외로움은 나를 지켜주기도 하니까. 내가 살아오면서 싫어하던 것들. 벗어나고 싶은 소속. 그런 것으로부터 멀리 떨어지고자 하는 시도조차 나를 키운 것 같다.

어릴 땐 남들과는 다른 사람일지도 모른다고 믿었다. 내가 외계인이라거나. 인간의 껍데기를 쓴 채로 자라나는 다른 무언가. 벌레라거나, 동물이라거나. 다른 사람이 하는 생각을 곧이곧대로 따르는 게 싫었기 때문에. 또 그렇다고 해서 고정관념에서 크게 벗어날 정도로 자유롭지도 못했던 것 같다. 학교에 가지 않고, 공원을 떠돌면서 혼자 돌멩이를 걸어차며 시간을 보내거나, 그 시간에 앞산까지 나가 스티커 사진이나 찍고 돌아오던 별 볼 일 없는 기억. 꼭 배워야 한다는 지식보다도, 중요하지 않은 일을 하면서도 그게 더 가치 있게 느껴지던 아리송하고도 소중한 일상의 순간들. 나는 유별난 아이였지만, 동시에 겁도 많은 천성이었기에 조금만 남들과 달라져도 곧 자정 작용이라도 거치듯 무리 사이로 돌아왔다.

최근에는 시집을 한 권 읽었다. 어떤 시집을 읽으면, 그가 부끄러움과 가장 수치스러운 부분을 드러내고, 나는 그걸 가만히 지켜보는 듯한 기분이 된다. 나는 누군가에게 내가 부끄러워하는 것에 대해 면밀하게 고백할 수 있을까? 누군가 들여다보지도 않는 일기조차 쓰지 못하는 내가. 다른 사람의 시선을 떨치지 못하는 내가. 누구보다 사회에 적응한 내가 타인의 눈으로부터 멀어지기는 쉽지 않았다. 등단 이후 나에게 닥친 고민은, 우습게도 언젠가 시집을 내야 한다는 사실이었다. 내가 타인의 시집을 읽으며 그들의 고백을 엿봤듯, 나의 글이 타인에게 읽히면, 그들은 글의 창을 통해서 나의 진짜 모습을 바라보겠지. 내가 우습다고 생각할까. 또는 슬픔을 느낄까. 정답 없는 문제를 두고 오래 생각했다. 결국 멀리 돌아서 당착한 곳은 나의 부끄러움을 마주하는 것이었다.

부끄러움은 어디서부터 시작되는 걸까. 죄책감과 부끄러움은 같은 모양을 가진 감정이라고 생각한다. 백 년 전 어느 시인이 다다미방 위에서 부끄러움을 느꼈던 것처럼. 지금 내가 느끼는 감정은 오만하게도, 어쩌면 그것과 닮아 있지 않을까. 다른 사람과 비슷하게 비굴해지고 싶은 마음, 또한 그들을 환멸하기에 멀리하고 싶은 마음. 두 개의 마음이 언제나 서로를 공격하는 것 같다. 그러면서 나는 자라게 된다. 아마 평생 동안 자라게 되겠지. 타인과 다른 나, 동시에 타인과 비슷한 나를 긍정하지도, 부정하지도 못 하면서.

낮은 곳으로 기우는 눈물

언제나 나는 스스로가 숲 기슭의 통나무처럼 메마른 사람이라고 생각하며 지냈다. 감정에 고저가 크게 없고, 눈물도 없는 편이다. 아무리 화가 나거나, 부당한 일을 겪거나 크고 작은 사건 사고에 휘말려도 괜찮다고 쉬이 덮어버릴 만큼. 일 년에 우는 횟수도 손에 꼽는다. 특히 나는 자신의 일에 대해서는 놀라울 정도로 차갑게 심장이 식어버리고는 한다. 어째서일까. 나는 나의 슬픔에 진정으로 공감하지 못하고, 화를 내야 하는 상황에도 그렇지 못할 때가 많다. 내가 당착한 상황에서는 내가 관객이 되지 못해서 그런 것일까. 내가 주체가 되어서 슬픔을 느낀다는 것의 어려움을 새삼 통감하게 된다.

그러다 최근에는 이런 일이 있었다. 어린 시절에 쓰던 일기장을 펼치자 중학교를 다닐 때 찍은 사진이 나왔다. 특별한 건 아니었다. 학교를 빠지고 모친과 함께 산에 갔는데, 산 중턱에는 왜인지 낡은 스티커 사진 기계가 있었다. 그곳에서 찍은 스티커 사진이 여전히 남아 있던 거다. 그리고 십몇 년이 지난 나는 그 사진을 만난 것만으로도 아무 이유 없이 눈물이 울컥 나기 시작했다. 그렇게 눈물이 한 번 나기 시작하니 비통할 정도로 소리를 내서 울기 시작했고 한참 시간이 흐른 뒤에야 진정할 수 있었다. 왜 갑자기 눈물이 흘렀던 걸까. 그때도 그 까닭을 알 수 없었고, 지금도 그저 짐작할 뿐 정확하게는 알 수 없었다.

최근에는 눈물이 많아졌는데, 이상하게도 개인적인 서러움에 북받쳐 울거나, 분노해서 울거나 하는 등 내 감정적인 문제로 눈물을 흘리는 건 아니다. 나는 내가 닥친 상황에 대해서는 무척 태연하다. 가끔 나 자신도 놀라게 될 정도로.

이런 내가 어느 때에 눈물을 흘리게 되냐면 타인의 삶과 타인의 순간을 만날 때다. 이렇게 말하면 좀 애매모호하게 느껴지지만. 삭막한 거리 가운데에서 인정을 조우하게 될 때. 모두가 외면하고 지나가는 노숙인의 껌을 누군가 굳이 멈춰 서서 한 박스를 전부 사는 걸 목격했을 때. 아무도 찾아오지 않는 공터에 작은 박스로 집을 세워서, 찬바람을 막아주기 위해 담요와 옷가지로 둘둘 말아 동물의 집을 꾸려준 걸 보았을 때. 나는 조용히 서글퍼진다. 나는 무엇에 이입하는 걸까? 생각하다 사메니투스의 삶을 떠올리게 된다. 헤로도토스의 『역사』 3장에는 이집트 왕 사메니투스에 관련된 이야기가 나온다. 발터 벤야민의 저서 『이야기꾼』에서 다뤄진 유명한 이야기이기도 하다.

이집트의 왕 사메니투스는 페르시아에 패전하게 되면서 페르시아의 왕 캄비세스에게 모욕을 당하게 된다. 캄비세스는 사메니투스의 딸을 하녀로 부리고, 아들을 처형시키는 등 그에게 보란 듯이 숱한 고통을 준다. 그것을 지켜보던 이집트인들은 비탄에 빠져 슬퍼하였으나 사메니투스만은 미동도 하지 않은 채 지켜보기만 했다. 그러던 중 한 노인이 포로 행렬 속에 있는 걸 발견하게 된다. 행렬 속 깡마른 노인은 그의 하인이었는데, 그 모습을 본 것만으로 사메니투스는 가슴과 머리를 치며 깊이 슬퍼했다.

왕은 본인을 포함해 본인의 가족이 겪은 비통함에는 꿈쩍도 하지 않다가 자신과 전혀 무관한 하인의 비통함에는 머리를 칠 정도로 슬픔을 느꼈다는 것. 왕은 어째서 자신의 고통과 슬픔에는 그리도 굳건했으면서 타인의 슬픔에는 저리도 민감하게 반응할 수 있었던 것일까. 발터 벤야민은 그 까닭이 슬픔을 가까스로 참다가도 그 하인의 모습을 보게 되는 것으로 슬픔을 막은 방파제가 둑처럼 무너져내렸기 때문이라고 서술했지만, 나는 조금 다른 이유일 거라 짐작하고 싶었다.

나는 해당 텍스트를 가지고 우리가 문학을 하는 이유에 대한 수업을 했다. 사메니투스는 어째서 슬픔을 느낀 것일까요? 라는 질문을 던졌다. 글을 이제 막 쓰기 시작한 고등학생들 앞에서. 그들은 다 제각기 다른 대답을 내놓았지만, 모두 기꺼이 인정할 수 있을 정도로 깊이 있는 대답을 내놓았다. 나는 사메니투스의 슬픔은 그것이 "타인의 삶"이었기 때문에 슬퍼할 수 있다는 이야기를 했다.

이윽고 나는 저마다 문학을 하는 이유는 다를 테지만, 결국 문학이라는 것의 시도는 궁극적으로 목적이 닿아 있다는 말을 했다. 그러면서도 조금 주저하게 되었다. 일전에 본 학생의 수기를 문득 떠올리게 되었기 때문이었다. 그 수기로 인해 그가 문학을 하게 된 자세한 까닭을 어쩌다 보니 가까이 알게 되었고, 지금 내가 하는 말이 그의 기억을 조금 상처입힐지도 모르겠다는 염려가 들었을지도 모른다. 나는 가만히 그 학생의 눈을 깊이 바라보았고, 조금 조심스럽게 말을 이어나갔다. 문학은 어째서 존재해야만 하는지. 그건 자신의 삶이 아니라, 타인의 삶으로 자신의 삶을 비추어 보는 시도라고. 나는 어떤 사실에 대해 확실히 명제를 내리는 걸 좋아하는 편은 아니지만, 문학을 가장 자명하게 말할 수 있는 쉬운 방법이라 짐작하며 조금 위험하지만 단호하게 말을 했다.

누군가는 자신의 삶에 닿아 있는 것이 슬픔인지 모른다. 태어날 때부터 우리 안에 갇혀 지낸 짐승은 초원 위의 삶을 모르는 것처럼, 자신이 지내고 있는 이 환경이 처음부터 주어진 것이었다면 그것이 퍽 당연한 줄 알고 살아간다고. 그러다가도 어쩌다 자신과 비슷한, 또는 공감할 수 있는 차원의 타인의 삶을 들여다보게 될 때, 자신이 닥친 환경을 그들의 삶으로 타자화해서 바라보게 되는 것으로, 진정 자신에게 닥친 슬픔도 함께 느낄 수 있다고.

내게 누군가 문학의 쓸모에 대해 묻는다면 그렇게 대답할 것이다.

문학은 다른 사람의 슬픔을 통해, 자신도 연민할 수 있게 해주는 통로라는 걸. 문학은 슬픔이라는 걸.

어쩌면 관념적으로 느껴질 것도 같은 말이지만. 그러나 가장 정확한 말이라고 생각했다. 문학은 결국 돌고 돌아서 만나는 누군가의 슬픔이었다. 문학을 읽는다는 건, 타인의 슬픔을 이해하려는 유의미한 시도이다. 문학을 쓴다는 건, 슬픔을 가둬놓고 그 안을 지켜볼 수 있는 창문을 내는 일이었다.

이해와 공감은 엄연히 다르다고 할 수 있다. 자신이 겪어

보지 못한 삶을 단순히 공감하기란 어렵다. 내가 모르는 상황을 구체적으로 상상해서 내게 대입하기에는 상상력의 한계가 있다. 결국 공감에 앞서 있어야 하는 건 충분한 이해와 납득이었다. 먼 과거로부터 지금까지, 세상 모두가 가진 트라우마적인 사건에 대해 문학 작품 내에서 거듭 언급되는 까닭도 그곳에 있었다.

나는 내가 느낀 슬픔의 이유를 알 수 없다고 생각했지만, 지금 와 생각해보면 아마도. 과거의 내 모습을 타인으로 바라본 게 아닐까 싶다. 그 어린 날의 자신이 앞으로 겪게 될 수많은 일을 짐작하고, 과거와 현재가 조우하면서 화해를 한 순간 눈물을 터트리게 된 게 아닐까. 물론 아닐 수도 있다. 지금 이 글을 읽는 누군가가 좀 더 정확하게 내 슬픔을 독해할 수 있을지도 모른다. 이렇게 나의 슬픔을 잘라내서 무대 위에 올려둔다면, 누군가는 그 이유에 대해 짐작할 수도 있겠지. 그게 바로 문학의 쓸모라는 것일 테고.

요즘의 나는 약자에게 선뜻 나의 마음을 한 도막 내어서 크게 베풀지 못하는 인색한 행동에 큰 부끄러움을 느끼면

서도 스스럼없이 마음을 내어주는 사람들을 경외하게 된
다. 동시에 출근길 지하철에서 시위를 하는 장애인을 두고
민폐라고 비난하는 사람들을 보며 부끄러워진다. 누군가의
시름과 고통을 욕보이는 그들과, 어떤 행동도 하지 않는 나
는 크게 다를 게 없구나.

혼자이기에 얻은 것

학생들을 가르치다 보면, 종종 만나게 되는 고민이 있다. 어떻게 보면 글쓰기의 가장 기본적인 작업에 대한 고민. 학생들은 입을 모아서 내게 말한다. 글쓰기를 어떻게 시작해야 하는지 모르겠다고. 이야기를 어떻게 써야 좋을까요. 막연하게 느껴져요. 그런 질문에 적절한 해답을 주긴 어렵다. 어쨌든 자신의 이야기는 자신이 만들어야 하는 거니까. 자신이 무엇을 할지, 자신이 결정해야 하니까. 한 반에 열 명도 채 되지 않는 아이들은 두 시간 동안 가만히 앉아, 제시받은 주제로 일제히 글을 쓰기 시작한다. 작고 새까만 머리들이 골똘히 앉아 글을 쓰는 모습을 보다 보면, 언제나 심각한 고민에 좋지 못한 대답을 주는 것 같아 산뜻한 미안함을 느끼게 되기도 한다. 엄연히 말하자면 자신의 이야기를 만드는 것보다도 입시를 위한 글을 만드는 건 더 어려운 일이라고 생각한다. 어떻게 보면 입시에 있어 좋은 글과 아닌 글은 엄연히 구분되니까.

내가 거듭해서 강조하는 건, 자신이 쓸 분량을 미리 정하고 어떤 이야기를 만들지 미리 결정하라는 말이었다. 그렇게 하면 글을 전개하기 쉽게 느껴진다고. 비단 글쓰기에만 적용되는 이야기는 아니다. 무엇을 하든, 자신이 할 일을 적절하게 안배하고 시작하기. 자기 자신이 앞으로 어떤 규격으로 무엇을 할지 결정하기. 이런 게 중요하다고 믿었다. 정작 나는 학생 때 내가 쓸 것을 정해놓고 쓰는 편은 아니었지만 지금도 완전히 그 버릇을 고치지는 않았다. 한편 내가 본격적으로 시를 쓰기 시작한 때를 떠올리게 되기도 했다.

내가 입시를 끝낸 지도 어느덧 6년이 지났다. 새삼스럽게 생각해 보면 그렇게 오래 지나지도 않은 것 같지만, 그렇다고 짧은 시간은 아니다. 앞선 질문을 듣고 보면, 내가 왜 시를 쓰기 시작했는지에 대해 생각하게 된다. 모든 의문은 시작점부터 바라보아야 하는 법이니까.

나는 초등학교를 졸업하기 전까지도 무작정 장래 희망에 작가라고 쓰는 아이였다. 그래봤자 하는 일이라고는 짧은 글 몇 개를 무심하게 툭툭 올리는 게 그만이었던, 근거 없는 장래 희망에는 어쩌면 평생 글을 쓸지도 모른다는 예감이 깃들어 있었을지도 모르겠다. 처음에는 소설을 썼다. 무작정 썼다. 말마따나 어떤 이야기를 쓸지도 모르는 채로. 이상하게도 그때 쓴 소설은 하나도 기억이 나지 않는다. 고등학교 2학년의 초입이었다. 나는 혼자 간 서울 외곽에, 버스 정류장에 홀로 가만히 앉아 있다가 문득 앞으로는 시를 써야겠다고 생각했다. 그게 시를 쓰게 된 계기였다. 엄청난 이유가 있었던 건 아니고. 그렇게 시를 쓰기 시작했다. 어쩌면 나는 글을 쓴다는 건 홀로 되는 일이라고 생각한다. 글쓰기의 시작은 고독일지도 모른다. 그때 내 옆자리에 누군가 있었다면 시 쓰기를 결정하지 않았을지도 모르고. 서울에서도 인적이 드문 버스 정류장에 앉아서, 광활하고 무한한 외로움을 느끼지 않았다면 시를 쓸 일 없었을지도 모른다고. 그 자리에서 나는 앞으로의 인생에서 쓰게 될 긴긴 글을 예감하기도 했다.

그런 까닭인지, 나는 혼자가 되지 않으면 시를 쓰지 못한다. 적당한 심심함이 나를 글쓰게 만들어주는 가장 큰 원동력이다. 주변인들과 통화를 하거나, 대화를 많이 나누는 날에는 한 글자도 쓰지 못하는 일이 더러 있다. 그래서 나는 이따금 저 자신을 고립시키기도 한다. 지금의 나를 만들었다고 여겨지는 시기는 전부 혼자인 기억이었다.

나는 시의 스승이라고 부를 수 있는 내밀하게 연결된 스승이 마땅히 없었고, 서로 간에 시를 면밀하게 봐주는 가까운 지인도 없었다. 대학에 가기를 성공하면 더 이상 시를 쓰지 않는 친구들이 많았으니까. 그러니 나의 글은 온전히 나만이 스승이 되어야 했고, 온전히 나만이 글을 첨예하게 바라볼 시선을 지녀야 했다. 어떻게 보면 분명 고이고 있었다. 한 바닥도 되지 않는 우물 안에서, 내 우물을 들여다보는 건 아무도 없었으니까. 단순히 나는 나를 믿었고, 나의 글쓰기를 애정했고, 나의 일상을 가만히 즐겼다. 그냥 그러면 될 일이라고. 어차피 등단을 하든, 하지 못 하든 일찍이 계속해서 시를 쓰기로 결정했으니까. 그러니 나의 반려는

길고 긴 남루함. 자극보다는 정적인 무언가가 나를 시인으
로 만들어주었다.

가짜

　모친은 내가 소설이 아니라 시를 써서 다행이라고 한 적 있다. 소설은 가짜로 만들어내는 이야기잖아. 사람을 속이는 거잖아. 그런 말에 뭐라 대답을 해야 적절하게 아니라고 말할 수 있을지를 고민했다. 임솔아 작가의 소설이나, 정영수 작가의 「미래의 조각」에서는 그 가공과 허구가 누군가의 마음을 지키기도 했는데. 현실을 덮을 수 없는, 계속해서 실패하는 허구가 가장 진실된 순간도 있었는데 말이다.

　일전에 당선 소감을 말할 때 다큐멘터리와 에세이 읽기를 좋아한다는 이야기를 했다. 누군가의 진솔한 이야기를 듣기를 좋아한다. 남의 이야기 듣기는 그렇게 즐기지 않는 것 같은데, 누군가의 일기나 글 따위는 즐긴다니. 지금도 일기 같은 에세이를 쓰는 것 같기도 하다. 일부러 그렇게 적으려고도 한다. 가장 솔직한 글이 최선의 글이라고 생각한다. 미사여구가 한 바닥을 가득 채우는 글보다도 담백한 글이 좋다.

픽션도 물론 좋아한다. 앞서 말했던 것처럼 그 가공 속에서 발생하는 진실에 매력을 느낀다. 어떻게 보면 나는 솔직한 걸 좋아하는 걸지도. 시집에서 가장 본연의 모습이 드러난다고 믿는 나니까. 픽션이라고 해서 단순 문학의 이야기에 국한하는 건 아니고, 만화 읽기도 좋아한다. 좋아하는 만화 이야기를 하자면 끝이 없지만, 최근에는 〈아오노 군에게 닿고 싶으니까 죽고 싶어〉와 〈히스토리에〉를 읽었다. 이번에는 〈히스토리에〉에 대한 이야기를 좀 하고 싶다. 히스토리에는 히스토리아와 같은 어원을 가진 그리스어로, 기록하여 남긴다는 뜻이다. 〈기생수〉로 더 유명한 이와아키 히토시 작가의 만화인데, 개인적으로는 〈기생수〉보다는 〈히스토리에〉가 더 수작이라고 느낀다. 〈히스토리에〉는 상당히 독특한 문법을 가진 만화다. 실제로 존재하던 역사적 사실을 배경으로 하는 만화인데, 실제 이야기와 작가가 만든 이야기를 적절하게 섞어두었다는 점에서 이 만화는 실제이기도 하고, 픽션이라고도 부를 수 있겠다.

작중 주인공 에우메네스는 역사를 기록하는 서기관이다. 역사를 쓰는 사람은 자신의 이름을 남기지 않는 법. 〈히스토리에〉라는 그 제목대로 '기록하는 자'라는 정체성으로 역사 속에 숨어있던 인물이다. 역사를 기록하는 사람이기에 그의 개인적인 부분은 사실상 역사 속에선 감추어져 있을 터였고, 2000년대의 이와아키가 고대에 살던 그의 삶을 재구성해서 쓰는 독특한 작업이었다.

이 만화를 보며 많은 생각을 했지만, 특히나 작가라는 존재로서의 업에 대해 생각했다. 어떻게 보면 작가라는 직업은 실제로 일어난 일의 재해석과 재구성의 작업을 하는 자라는 말을 믿게 된다. 특히나 유명한 격언이 있지. '소설은 허구를 가지고 진실을 말하는 작업'이라는 말. 군이 따지자면 소설에만 한정되는 말은 아니다. 모든 가짜 이야기를 만드는 사람들은 현실과 맞붙어 있는 진실에 대해 말하는 사람들이다. 그렇게 생각하면 역시 다큐멘터리도, 소설도, 시도, 만화도, 세상의 모든 창작물은 똑같은 본질을 가지고 있는 듯하다. 우리가 지내는 세계와 아주 가까이에서 살아 숨 쉬는 가짜. 그렇기에 전혀 누군가를 속이는 것도 아니고, 무의미하지도 않다.

정해진 일

최근에 길을 걷다가, 어떤 젊은 여자분이 내 얼굴을 보고는 갑자기 선생님이냐고 물어보았다. 의아한 표정으로 쳐다보고 있으니, 갑자기 허리디스크를 조심하라고 말하고는 떠나버렸다. 관상을 보는 사람인가. 가끔 길거리에서 이런 점술적인 존재를 예상치 못하고 마주칠 때 화들짝 놀라곤 한다. 그 말이 사실이든 아니든 말이다.

내가 마지막으로 쓴 소설은 다른 사람의 사주로 점을 보는 사람에 대한 이야기였다. 자기의 이름이 아닌 이름을 대고, 자신의 생일이 아닌 날을 대면서 타인의 삶을 구경하는 혹자의 이야기. 교수님은 내게 소설의 도입부는 잘 쓰는데 뒷심이 약하다고 했다. 저 사람이 왜 저런 행동을 하는지에 대한 구체적인 이유가 없다고. 나는 그 말에 어느 정도 긍정했다. 그 까닭을 명확하게 정하지 못한 게 사실이었다. 사실 정하지 않으려고 했다. 누군가가 어떤 이상행동을 할 때, 명명백백한 이유가 있는 건 아니라고 믿기 때문이었다. 어떤 결과가 있으면 그에 상응하는 과정과 까닭이 있어야 하는 건 역시 가공된 이야기에서나 가능한 일이라는 걸 새삼 떠올렸다. 그래서 나는 소설을 쓰는 사람이 아닐지도 모르겠다고 느꼈다. 나는 건물을 짓기 위해 벽을 세우는 사람이 아니었다. 벽은 벽만의 일을 한다고 믿었다. 그래서 그것만으로도 좋았다.

누군가 태어날 때부터 정해진 수순이 있다면, 글도 시작한 순간부터 정해진 수순이 있는 것 아닐까. 운명처럼. 글을 쓰기 시작할 때 뒤를 먼저 생각해두지 않는다. 그때그때 끌리는 대로 적는다. 내가 글을 이끌고 간다기보다는 글이 나를 이끌고 가기를 원한다. 그렇게 생각해 보면, 역시 나는 운명 무한 긍정론자가 아닐까 싶기도 하다. 다르게 말하자면 대책이 없는 걸지도 모르지만.

어중간한 마음

문예창작학과를 다니면서 가장 많이 한 수업은 합평 수업이다. 이 수업은 독특한 방식을 취한다. 한 명의 글을 가지고 수많은 사람이 좋고 나쁨을 논하는 것이니까. 물론 다른 학과도 크리틱이나 타인의 창작물에 대해 논하는 수업이 있기야 하겠지만, 글은 곧 자신이고, 글에 대한 공격은 자신에 대한 공격이라 믿는 사람이 많으니 아무래도 여러모로 예민한 수업이기도 한 것 같다. 나는 별생각 없는 방식이지만.

사실 합평 수업이라는 건 뜨거운 감자 같은 거다. 가끔 수정 방안이나 방향성보다도, 비난의 논조로 이야기를 하는 학생도 더러 있었다. 그런 날 선 말에 상처받고 울면서 강의실을 나가는 학생도 물론 있다. 내가 나온 학과는, 적어도 문학이나 소설, 시 따위에 대한 열의가 뛰어난 학과는 아니었다. 한 학년에 열 명은 문창과를 떠났고, 남은 사람 중에서도 문학을 하겠다는 의지를 계속 가지고 글을 쓰는 사람은 적었다. 반드시 어느 단체에 소속되어야 할 이유는 없지만, 적어도 나는 크고 작은 외로움을 느꼈다. 이 시대에 문학을 하는 사람은 정말 없어. 마지막 학년에 다가갈수록 모두 어느 정도는 자신의 미래를 결정지었고, 공무원 시험을 준비하거나, 다른 대학원에 진학하는 아이들도 더러 있었다. 나는 공무원 시험을 준비하지도 않았고, 대학원에 진학하지도 않았고, 그렇다고 모두가 너나 할 것 없이 뛰어드는 취업 시장에 진입하는 데에 적극적이지도 않았다.

이상한 말처럼 들리겠지만, 나는 무엇도 결정하지 못해서 시를 계속 쓴 것이었다. 시를 쓴다는 건 고등학생 때부터 줄곧 해온 일이었으니까. 시를 포기하고 다른 일을 하는 게 두려웠던 것 같다. 시를 포기하고 다른 일을 하는 경로도 분명 있었겠지만, 오랫동안 해온 일을 포기하고 아예 새로운 일에 뛰어드는 모험심 같은 게 부족했던 것 같다. 그래서 자신이 해오던 것과 전혀 다른 직종에서 새롭게 일을 시작하는 사람을 보면 어떤 경외를 느끼기도 했다.

합평 수업 때, 누군가 내가 고등학생 때 쓴 시를 본 적 있다고. 그 시는 굉장히 날 것 본연의 본인 모습이었는데, 지금 와서 쓰는 시는 자기 자신을 잃었다고 비난했었다. 그때는 별생각 없었는데, 지금 와 생각하면 그건 비난이었구나 생각한다. 수업이 끝나고, 동기들이 내게 "그런 말을 들었는데, 괜찮아?" 하고 물었다. 나는 그 비난보다도 동기들이 내게 건넨 질문이 오히려 겸연쩍었다. 나의 글이 나의 분신이라고는 한 번도 생각해 본 적 없으니까. 나는 단 한 번도 시 안에서 나에 대해서 적어본 적 없다. 시 쓰기는 단순히 나의 업이라고 여기는 점.

연말, 눈이 소복이, 또 침묵처럼 사근사근 쌓이는 창가를 바라보면서 가만히 책을 읽으며 글을 쓰는 나만이 고유한 나일 뿐. 글은 내가 보여주기 부끄러운 부분 그 자체일 뿐.

천사는 내게 때리는 법을 알려주었지

책을 읽다가도 생뚱맞은 문장으로 착각하는 경우가 더러 있고는 한다. 최근에는 어느 시집의 제목을 『천사는 내게 때리는 법을 알려주었지』로 완전히 오해하고 있었다. 사실 전혀 다른 제목이었지만. 오히려 완전히 왜곡된 기억으로 인상을 남기니, 원래 제목이 무엇이었는지는 기억이 잘 나지 않는다.

천사에 대한 시를 한 편 썼다. 시를 쓰는 작업은 매번 처음인 것처럼 어렵고도 생소한 일이다. 심지어 가끔은 힘들기까지도 하다. 지루하고도 특별함 하나 없는 일상을 보내다가도 시를 쓰려고 앉으면 한참 빈 페이지 앞에서 주저하기도 한다. 어느 때에는 노트북을 펼친 채 단 한 줄을 쓰지 못해서 하루 종일 진도가 멈춰 있는 경우도 있다. 시 쓰기는 내게 검토하는 사람이 없는 숙제 같다. 그래서 나는 일부러 더 쓰기 곤혹스러운 소재로 글을 쓰기도 한다. 나와 너무 가까운 곳에서 시작하니 어려운 것일지도 모르니까. 그러니 가장 먼 곳으로부터 영감을 끌고 오기도 한다. 나는 시를 통해서 일상에서 멀어지고, 가까워지고를 거듭하게 된다. 그래서 고른 소재였다. 천사. 본 적 없는 천사에 대해 말하는 건 아무래도 어려운 일이니까.

내가 잘 모르는 건 어렴풋하게 있는 관념이나 기억으로부터 출발하게 된다. 천사는 구원하는 자. 나는 구원이라는 말을 그다지 좋아하지 않는데, 아마 어릴 적부터 다닌 교회의 영향이 큰 것 같다. 21세기에 구원이라는 말은 어떻게 보면 기만으로 느껴지는 단어이기도 하니 말이다. 실제로 '구원'이라는 건 내가 겪은 적 없으니 적당한 상상을 먼저 해본다. 구원하는 천사는 어떤 얼굴을 하고 있을까.

나는 썩 신실한 마음으로 신을 섬기는 신도는 아니었지만, 그래도 매주 일요일이면 교회에 나가 찬송가를 부르거나 설교를 들었다. 작은 교회에서는 종종 아기가 우는 소리가 들렸고, 촌스럽게 덮인 색유리 안으로 비추어 들어오는 햇빛이 좋았고, 점심으로 잔치 국수를 팔팔 끓이는 냄새가 났다. 그때 나는 아주 평온하고도 고요한 마음이 들었는데, 왜였을까. 나는 동시에 이 평온함이 언제 깨질지도 모른다는 불안을 난생처음으로 느끼기도 했다. 그러니 신은, 또한 천사는 내게 평온과 불안을 함께 안겨주는 전지자였다.

신은 가장 다정한 존재인 만큼이나 가장 잔인하게 벌주는 방법도 안다.

신이 사랑하는 사람을 벌주기 위해 내리던 폭우를 떠올린다. 성경에 적힌 어느 방주에 탄 자들을 떠올리는 대신 물속에서 손쓸 바 없이 죽어갔을 이들을 생각하면 또 어쩐지 무서운 기분이 들기도 한다. 세계의 종말이 가까워진 후에 구원이 찾아온다고 했다. 신실한 자들을 거두어 가는 휴거. 천사는 누군가를 천국으로 인도하겠지만, 또 다른 누군가를 대할 땐 그를 모질게 내치고 갈지도 모르지. 그러니 내게 구원이라는 말은 너무 비겁하게 느껴진다. 모두에게

균등하지 않은 구원은 이미 세상에도 많은데. 그러면 신은 왜 있는 거지? 이런 세상에서도 무언가 인간을 구원할 수 있을지 도무지 모르겠다.

나는 가끔 나를 매질하는 어떤 이력을 떠올린다. 먼 과거에 있었던 신의 천벌과 안전함이 무너진 세계에서 매질당하는 나. 시는 무척 안정적인 상태에 있던 나의 상태를 경계하게 만든다. 이 일상과 안온함은 어쩌면 안전하지 않을지도 몰라, 무너질지도 몰라. 그런 의심과 불안을 내 옆에 함께 세운 채로 시를 쓰게 된다.

그것은 같지만 이것은 다르다

카페에 앉아 친구와 이야기를 나누고 있었다. 친구에게서 미래나, 영원이나, 멸종이나, 천사 같은 거. 요즘 시에서 자주 쓰이지 않아? 같은 말을 듣고 있었는데. 그런가? 대답하며 나는 초코 머핀을 입 안에 넣었다. 친구는 계속 말을 이었다. 육호수 시인 시집 제목도 봐봐. 『영원 금지 소년 금지 천사 금지』잖아. 그렇구나. 그거랑 관련이 있는 건가……? 초코 머핀은 적당히 쓰고 달았다. 나는 아메리카노와 초코 머핀을 함께 먹는 걸 좋아했고, 그날도 아메리카노를 함께 시켜 먹고 있었다. 모든 카페에서 아메리카노를 팔지만 그게 유행이라고는 하지 않잖아. 스테디 셀러 같은 거 아닐까. 그리고 굳이 생각해 보면 미래나, 영원이나, 멸종이나, 천사 같은 단어를 옛 시인들이 쓰지 않았던 건 아니었다. 러시아 철학자 레프 셰스토프의 '천사는 온몸이 눈'이라는 말을 가지고 김춘수도 시를 썼으니까. 그런 대화를 나누고 있다 보니 내가 쓴 시에서도 미래, 영원, 멸종, 천사가 나오는지 궁금해져서 찾아보았는데 놀라울 정도로 없었다. 기껏 찾은 게 한 편이었는데, 타무라 유미의 〈세븐 시즈〉라는 포스트 아포칼립스 만화를 가지고 쓴 시에서 멸종이라는 게 잠깐 언급된 정도였다. 모두가 쓰는 게 없다니. 오히려 써야겠다고 생각했다.

파일을 열어 천사라는 단어를 쓰고 천사라는 기호가 가지는 모든 관념과 속성을 떠올렸다. 천사는 하얗지. 천사는 지점토. 천사는 작다. 천사는 온몸이 눈이고. 천사는 분별하지 않고. 천사는 자고 일어나면 사라지고. 이런 식으로 줄줄 적다 보니 내가 쓰는 게 마치 원숭이 엉덩이는 빨개, 빨가면 사과, 사과는 맛있어…… 로 줄줄이 이어지는 연상적인 노래를 부르는 것과 같이 느껴졌다.

기호(기표와 기의). 글을 쓰는 사람에게는 정말 중요한 개념이다. 나는 하나의 대상을 가지고 기의를 변주하다가,

서서히 다른 기호로 완전히 확장되거나 변용되는 글을 쓰는 걸 즐긴다. 나는 미래를 본 적 없고, 영원을 본 적 없고, 멸종을 본 적 없고, 천사를 본 적 없다. 아마 나만 아니라 모든 사람이 그렇겠지. 그러면 모두가 똑같은 기표를 쓰더라도 다른 기의가 되는 것이다. 그런 것을 생각하면 오히려 재밌다. 모두가 똑같은 걸 가지고 글을 쓰는 게. 각자의 내면에서 어떻게 변주되는지 골똘히 지켜보는 일. 어떻게 보면 겉은 같더라도, 각자의 내면에서 움트는 세계는 완전히 다르다는 걸 증명하는 거.

아적세계

처음 산문을 쓰기 시작한 건 분명 봄이었는데 어느새 입추가 지났다. 지금은 가을비가 내리고 있다. 9월에 접어들면서 보기 좋게 더위가 꺾였다. 계절이라는 건 이다지도 나약한 녀석이었던가. 직장에 다니면서 글쓰기를 병행하는 건 생각보다 어려운 일이라는 것도 느낀다. 최근에는 글을 아예 놓고 지내기도 했다. 평소에 읽는 텍스트의 양이 과하게 많으면 눈이 무거워진다. 두서없이 글을 읽고, 피드백을 하고. 이러기를 반복하다 보면 하루가 금방 가버린다. 글을 읽는 것에도 엄살을 부리게 되는구나.

한창 글을 쓰지 못할 때는 그때그때 꾸는 꿈을 기록하고 있다. 어느 학자에 의하면 꿈은 무의식이기도. 평소 본 이미지의 총합체이기도 하다. 프로이트가 모든 예술가는 백일몽을 꾸는 자라고 말했던가. 한낮에 꿈을 꾸는 사람들. 그것이 바로 예술가라는 생각을 하면, 시는 결코 꿈과 멀리 떨어져 있지도 않은 것 같다. 말도 안 되는 풍경(이미지)이 끝없이 펼쳐지는 장. 그게 바로 꿈이니까.

가장 최근에 꾼 꿈은 핵폭발 이후의 꿈이었다. 왜인지 이유를 모르겠지만, 내게는 전쟁에 대한 막연한 두려움이 있는 것 같다. 거리를 다니는 모두의 가방에는 핵폭발 이후, 먹구름이 몰고 올 재난을 막기 위한 우비와 우산이 있었다. 사람들은 모두 비를 맞았고. 매일 비가 내렸다. 맞으면 새까만 물이 드는 비가 며칠 동안 이어졌고, 어느 순간부터 거리를 나다니는 사람은 차츰 적어졌다. 마치 비가 멎어 들어가는 것처럼. 그게 퍽 공포스럽게 느껴지기도 했고, 신비하게 느껴지기도 했다.

라이프니츠는 우리가 수만 가지의 가능성 속에 만들어진 세계 속에서 가장 최선의 세계를 살아가고 있는 것이라 했다. 삶을 살아가다가도 내가 선택한 것이 최선이었을지를 떠올리면 그의 이론을 떠올리게 된다. 그때 만약 이랬더라면…… 같은 생각은 전부 글로 완성시키려고 한다. 내게는 그렇게 만들어지는 내면 세계가 있다. 작가는 가능 세계를 만드는 자들. 가능 세계를 만들기. 내가 하는 방식은 그렇다. 배경이 있는 복잡한 장면을 떠올린다. 아까 말한 꿈을 배경으로 글을 쓴다고 하면, 내가 돌입하는 시선은 바로 가방 속 우산 같은 작은 장면이 아닌 새까만 비가 내리는 도시의 습윤한 풍경이다. 거기서 얽히고설키는 장면을 떠올린다. 젖은 어깨를 부딪치는 사람을, 와중에도 하수구 속을 들락거리는 시궁쥐를, 뼈대만 남은 건물을. 빗속에서 동시에 진행되는 몇 개의 장면을 두서없이 떠올리게 된다. 여러 개의 내러티브가 섞여 하나의 이미지가, 하나의 시가 된다.

　이것이 바로 내가 가지는 시의 정체성이라고 생각한다. 그런 이미지를 바라보는 게 단 한 명의 개인이나 화자가 아닌, 어쩌면 전지적이라고 할 수 있는 절대자가 있어야 하지 않을까? 생각하기도 한다. 현실에는 있을지, 없을지 모르는 전지자가 내 시에는 있다. 그는 절대적인 영향력을 가지지도 않았고, 조종하지도 않는다. 단지 모두가 그의 시선을 의식하고 있다. 시선으로만 존재하는 꿈지기.

변방으로 빛나가는 일

취미로 그림 그리기를 좋아한다. 손에 묻은 파스텔과 물
감에서 나던 화학 성분의 냄새가 아직도 어색하지 않다. 어
딘가에 내놓기는 퍽 부끄러운 솜씨라서 누구에게 보여주는
건 아직도 마음 놓고 하기는 어렵지만, 글을 쓸 때보다 그
림을 그릴 때 훨씬 집중을 잘하게 된다. 오히려 글 쓰는 것
보다도 그림 그리는 걸 더 좋아하는 것 아닐지. 농담 반 진
담 반으로 의심하게 되기도 한다.

시는 이미지의 장르니까, 그림이라는 장르와는 그렇게
멀지 않다. 관념처럼 두루뭉술한 걸 구체화하는 움직임과
그 힘이 시라고 할 수 있으니. 어쩌면 내가 시를 쓰기 이전
에 그림을 그리는 것을 즐겼기 때문에 시에 흥미를 곧잘 붙
인 것 아닐까. 그림 하나를 잡고 가만히 앉아 있으면, 나의

70

곁에 서 있던 불안이나 잡념도 서서히 지워지게 된다. 물론 그 지워진 잡념은 글을 쓰면서 다시 발생하니 말짱 도루묵이긴 하다만. 그렇게 그림을 그리고 있으면, 어느새 몇 시간도 훌쩍 더 지나가 있지. 어린 시절의 내가 한 자리에 빼다 박힌 채 앉아 그림을 그리던 기억을 문득 떠올려본다.

담배를 자주 피던 선생의 화실은 늘 담배 냄새가 났다. 촘촘하게 창문을 뚫어둔 화실에는 왜인지 해가 잘 들어오지 않았고, 마치 암실처럼 어둡고도 습했다. 구석 어딘가에서 쥐나 곰팡이가 자라나고 있을지도 모르겠다고 생각했다. 학생들 열 몇 명만 들어가도 붐비는 작은 방 안에 유난하게 걸어둔 그림은 거장들의 유명한 명화들이었다.

나는 아는 것 하나 없지만 무턱대고 그림을 그렸고, 그러기를 즐겼고, 선생은 내 그림을 보면서 거듭하던 말이 하나 있었다.

성은아. 그림의 목표가 되는 걸 가운데에 넣으면 안 된다. 너는 너무 그림이 친절해. 어쩌면 중심에서 멀어지는 것이

정답일 때가 있다.

친절한 그림이라니. 세상에 그런 게 있었다니. 요컨대, 선생의 말은 직사각형의 캔버스의 가운데를 가로지르는 십자선이 있다면, 그것을 일부러 빗나가면서 그림의 주인공을 넣으라는 말이었다. 나는 그 말을 이해하기 어려웠다. 가장 중요한 것을 알려주는 게 나쁘다고 할 수 있을까. 가운데에 있지 않은 주인공이라니. 나는 그런 걸 본 적이 없었다. 이상하게도 그 쿰쿰한 화실 안에 걸린 명화들을 가만히 다시 쳐다보노라면, 선생의 말마따나 그림의 화자를 가운데에 놓지 않는 그림이 태반이었다. 나는 오히려 반발심에 늘 주인공이라고 부를 수 있을 만한 객체를 가운데 넣어 그림을 그렸고, 기억도 나지 않는 다른 이유로 그림 그리기를 그만두었다.

훗날 아주 먼 시간이 지나 대학에 진학해서 첫 소설을 써야 했을 때. 내가 처음으로 써 간 소설은 그런 소리를 들었다. 소설 속에 등장하는 화자가 화자로서의 역할을 도통 하지 않는다고. 그래서 독자는 누구에게 이입해야 할지 모르겠다는 말이었다. 그때 나는 피드백을 듣고서, 충격이나 기쁨 따위의 감정을 느끼기에 앞서 얼굴조차 가물가물한 미술 선생이 내게 해 주었던 말, 그리고 그 선생의 매캐한 담배 냄새가 나는 화실을 떠올리고 말았다.

타인의 입으로부터 이입할 수 없는 화자, 라고 표현되었던 그 인물은 단언컨대 평범한 사람이었지만, 주류에서 벗어난 인물이기도 했다. 우리가 일상적으로 발화하고 느끼는 모든 감정이 존재하는 사람. 다만 단 하나, 그를 이루는 정체성만은 우리 모두가 그렇듯 평범하지는 않았다. 그는 자기 자신의 몸을 끌고 살아가는 사람이지만, 자기 자신조차 스스로를 정체화하기 어려워하는 사람. 자신이 무엇인지 모르는 개인이었고, 나는 그 화자를 '평범한' 사람이라고 설정했다. 단순히 그런 설정일 뿐인 인물인데, 그 설정값 하나 때문에 평범하게 '이해받는 것'이 너무도 어려웠다.

그를 설명할 때 중심에서 멀어진 주인공이라는 표현은 적절할 것이었다. 피드백을 받은 대로 이입할 수 있는 사람으로 다시 설정해서 글을 쓰는 것도 어려웠다. 물론 그렇게 쓰면 그만인 일이었지만. 그의 삶을 내 마음대로 아주 쉽고 간단하게 재정의해서 쓰는 건? 실재하는 사람에 대한 기만이 아닌가? 그런 생각에 한참 키보드 앞에서 머뭇거렸다. 차마 그럴 수 없었다. 그가 주류와 아무런 문제 없이 섞인다는 게 옳지 않은 것처럼 느껴졌다. 그는 주류로부터 쫓겨난 인물이었으니까. 본인의 의지대로 바깥으로 걸어 나온 이방인이 아니라 머무는 모든 자리마다 쫓겨나 고향도, 머물 곳도 없이 떠도는 정신적 디아스포라.

변방에 머무는 이들의 삶을 어떻게 내가 함부로 말할 수 있을까. 그저 말할 뿐이지. 그들은 이곳에 있어요. 그들도 이곳에 살아요. 영영 중심부에서 빗나간 채로. 그런 사람도 주인공이 될 수 있다고.

문 여닫기와 이름 짓기

트위터를 트위터라고 부를 수 없게 된 것도 이제 반년이 지났다. 부유한 자본가 한 명이 SNS를 인수한 후 이름을 X로 바꿔버렸으니까. 그러나 아직 트위터 사용자들은 여전히 트위터를 지칭할 때, 그 이름을 트위터라고 부르고 있다. 이름이 바뀌더라도 그 정체성은 바뀌지 않는다는 걸까. 아니면 이름이 바뀌면, 결국 천천히 그 정체성은 무너지고 마는 것일까. 내 생각에는 후자인 것 같다.

'이름값 한다'거나 '이름대로 산다'는 건 어떤 힘이 있는 걸까. 오래 전 서양에서는 그들이 직업에 따라 이름을 대대로 물려받았다고 하는데. 나는 이름대로 산다는 말은 어느 정도 사실일지도 모른다고 생각한다. 그 사람의 정체성을 만드는 가장 기초적인 요소이지만, 저 자신이 짓지 않는다는 점도 참 아이러니하다. 이소라의 노래 〈Track 9〉에서도 그런 가사가 있지 않나. '내가 짓지도 않은 이름으로 불렸네.'라는.

내 이름은 성스러울 성聖에, 은혜 은恩을 쓴다. 평범하게 종교적인 이름이다. 모든 은 돌림자들은 종교인이라는 이야기가 있는데, 적어도 나에게는 맞는 말이다. 내가 그다지 신실하게 살거나 이름대로 살고 있지는 않은 것 같지만. 나와 같은 이름을 가진 시인이 몇 분이나 더 있는 것을 보면 확실히 그럴지도 모르겠다.

나는 내가 쓴 시에 제목을 짓는 걸 어려워한다. 어울리고 멋들어지는 이름을 지을 수 있다면 더 좋은 시를 쓸 수 있을까. 그러는 주제에 이름을 먼저 짓고 시작하기도 한다. 일전에 쓴 시 「육식 습관」에는 이런 대목이 있다.

당신은 내가 시를 쓰기 전
제목부터 짓는 게 나쁘다고
고치라고 했다

가벽과 비계를 세우고 집을 짓는 게 아닌
문부터 세우는 사람
그게 나라고

우스운 이야기다. 물론 실제로 누가 나한테 이런 이야기를 한 적은 없다. 애초에 혹자가 시에 대해서 내게 코멘트를 해주는 건 거의 드문 일이다. 그런데 왜 이런 글을 적었냐고 묻는다면, 제목은 곧 문. 누군가 들어오고 나가는 창구와 같다고 생각하기 때문이다.

언젠간 나의 시론에 대해 적어야 했었는데 그때는 나의 또 다른 페르소나를 끌어왔다. 추성은이 아닌 예원이라는 페르소나. 누군가로 이름 지어둔, 나와 별개인 누군가. 그는 추성은이라는 내 자아를 열어보기도 하고, 닫기도 하고. 가끔은 사라지기도 한다. 그러니까, 나의 문은 추성은이라는 세 글자다. 가끔 그 문을 바꾸고 싶기도 하다.

학생 때는 등단하면 필명을 따로 쓰고 싶다고도 생각했

지만, 결국에는 돌고 돌아 내 이름으로 나다운 글을 쓰는
게 최선이라는 결론에 도달하게 됐다. 혼란한 도시 한가운
데에서 나로 있기. 나다운 채로 지내기가 가장 어렵다는 걸
아니까. 고된 길을 굳이 고르는 건 작은 모험이기도 하고,
즐거움이기도 하다.

상실 후에 만나는 것

올해는 내게 참 많은 행운이 깃든 해이기도 하지만, 동시에 크고 작은 사건사고가 숨 돌릴 틈 하나 없이 몰아치듯 일어난 해였다. 좋은 일이 있으면 그만큼 나쁜 일이 따르는 법이라고 하나. 그 말의 이치가 옳은 건 모르겠지만, 나에게는 그 말이 적절한 것처럼 느껴지는 한 해였던 것 같다. 많은 이들과 만났고, 많은 이들과 이별했다. 마치 슬픔과 기쁨이 서로 악수하며 교차하는 것 같았다.

거대한 세상사의 인파가 나의 등을 떠밀지만, 그와는 무관한 듯 어제와도 같은 일상을 지내게 되는 나. 핸드폰이나 모니터 액정을 하나 두고 세계와 만나게 될 때. 나는 어쩐지 무한한 탈력감이 느껴지기도 한다. 내가 모르는 곳에서는 저런 대소사가 일어나고 있구나. 그러다 새카만 액정이 거울이 되어 내 얼굴을 비출 때. 나는 내 얼굴을 보고 깜짝깜짝 놀라게 되기도 한다. 무서울 정도로 무표정한 나. 아무렇지도 않은 거니. 도대체 너는 지금 뭐하고 있는 거니. 그 충격이 화살이 되어 저 스스로의 마음을 매섭게 쏘아부친다.

작은 방 한구석에 틀어둔 뉴스로 들어오는 누군가의 부고 소식과 그걸 들으면서도 아무렇지도 않은 듯 식사 준비를 하고. 산책을 나가고. 좋아하는 음악을 골라서 듣는 나. 연말이 되어 먹을 케이크를 고르는 나. 다들 어떻게 저렇게 잘 사는 걸까? 염치없는 사람들이 만들어내는 인재와 같은 소식에 경악하다가도 나를 보며 같은 질감의 혐오를 느낀다. 너는 저런 일이 일어났는데, 어떻게 아무렇지 않게 일상을 보낼 수 있니? 생각을 하다 보면 나는 나를 슬픔으로 고립되게 만든다. 적어도 그런 행동만이 비보 앞에서 나를 사람인 채로 지키는 방식 같았다.

혹자는 슬픔에 기대어 지내는 나에게 그리 말하기도

했다. 자신과 무관한 일로 일상을 지키지 못하고 무너지는 건 바보 같은 일이라고. 맞다. 바보 같은 일이다. 나는 태어나 단 한 번도 바보 같지 않은 적 없었다.

슬픔을 느끼는 일은 고단하다. 밖에 나가서 한 시간을 쉴 틈 없이 달리거나 고된 운동을 하는 것보다도 가만히 앉아 감성에 시달리는 것이야말로 진짜 체력을 소모하는 일이다. 정말 괴로운 일이 생기면 밥도 먹지 못하고, 잠도 제대로 이루지 못하고 오직 슬픔과 괴로움에만 골몰하게 된다. 그럴 때면 차라리 나를 여러 토막으로 나누어 어떤 한 부분만 슬픔의 몫으로 남겨두고 나의 육신을 따로 세우고 싶을 정도다. 슬픔을 공평하게 나눌 수 있다면 얼마나 좋을까. 세상의 논리가 그렇게 쉽다면.

왜 사람에게는 마음이라는 게 있을까. 차라리 아무것도 없었더라면 슬픔 따위 모르는 채로 살아갈 수 있을 텐데. 먼 과거에는 감정을 조절하는 전두엽을 아예 도려내는 수술을 했다는데. 가끔 모두가 감정이 없다면 더 나은 세계가 되었을까, 상상하곤 한다. 모두가 이성만이 있는 세계.

그건 얼마나 황홀한 지옥일까? 끓는 용암과 지옥불만 없을 뿐, 모두가 악마와 같은 마음을 가진 세계.

이성이라는 단어라고 하면 자연스럽게 떠오르는 말이 있다. 문학을 업으로 하는 내게 했던 폭언. 이성적으로 생각해 보면 문학은 솔직히 사는 데 쓸모가 없지 않느냐는 말. 확실히 예술보다는 기계장치를 만지는 일이 인간사에 적극적으로 기여할 테니 딱히 틀린 말이 아닐지 모른다.

웃기지만, 나는 지금이 이성의 시대가 아니었다면 시 쓰기를 선택하지 않았을 거다. 어쩌면 그가 말했듯, 기계장치를 만지거나 시험공부를 하고 있었을지도 모르지. 내가 시를 쓰는 까닭은 단순하다. 21세기를 살아가는 나는 너무나도 평범한 사람이기 때문이다. 나는 세상에서 벌어지는 모난 슬픔과 동화되기에는 너무 이성적인 사람이고, 그렇다고 매정하게 떨치기에는 그럴 수 없는 미련한 사람이니까. 아무도 말하지 않는다면 누군가는 말해야 한다는 걸 안다. 비보를 외면하고 할 일을 하는 사람이 있다면, 그 비보에 매달려서 슬픔을 선택하는 사람도 있어야 하는 거다.

글을 쓴다는 건 슬픔으로 마구 토막난 나의 한 부분을 잘라 그릇 위에 덜어두는 일. 절대 그 과정이 쉽지는 않다. 날것의 감정을 재료 삼아서 요리한다는 거. 자칫하면 과하고 자칫하면 덜하다. 나의 쓸모없음이, 바보 같은 면이 이성의 시대에 필요 없다고 느껴질 수도 있지.

2부
그럴 수도 있고 아닐 수도 있다

그럴 수도 있고 아닐 수도 있다

우주에서 떨어진 운석이 지구 외벽을 뚫는다. 지구는 두 쪽이 나서 사라진다. 빙하기가 찾아와 모두가 죽어버린다. 감염병이 퍼지기 시작한다. 영화나 만화에서는 자주 본 풍경. 어떻게든 인류가 절멸하는 수만 개의 시나리오. 죽음이란 건 언제 어떻게 시작되어도 이상할 게 없구나. 당연하다는 듯 일상을 지내다가도 갑자기 그것이 무너질지도 모른다는 마음의 준비.

세계가 종말 한다는 말.

어릴 적 나는 그것이 어렴풋이 사실이 될지도 모르겠다고 생각했다. 왜일까. 과하게 공상이 많았던 탓이었을까,

아니면 시작이 있으면 끝도 있어야 한다는 진리를 일찍이 깨달았던 까닭일까. 아무튼 네이버에 '세계 종말' 같은 키워드를 검색하며 먼 과거의 천문학자가 했다는 예언과 언젠간 백두산에서 화산이 터진다는 과학자의 말을 믿었다. 1999년, 노스트라다무스가 말하던 세계의 종말은 이도 저도 아니게 되었고 2012년의 종말도 없었다. 그 대신 1999년의 나는 종말론과 함께 태어났고 2012년에는 중학생이 되어 교복을 입고 중학교에 입학했다. 그리고 지금. 지구 멸망은커녕 단지 내가 어른이 되었을 뿐.

지금 와서 생각해보면 저 예언들은 모두 과학적인 근거가 있는 말은 아니었을 테다. 적어도 내가 본 인터넷 게시물에서는 백 퍼센트라거나, 무조건이라는 과격한 말뿐이었으니까. 알고 보면 과학자들이 가장 지양하는 말이 그 두 가지라던데. 사실을 알고서는 좀 허무해지는 기분이기도 했다. 또한 과학이라는 것의 매력적인 부분은 '검증된 불확실성'에 있는 것 같았다. 그렇다, 또는 그렇지 않다, 라는 말로는 설명할 수 없는 사실. 확인되지 않는 것만이 가장 과학적이라니.

나는 글에서 반증의 대비를 자주 사용하는 편이다. 알파벳을 가지고 글을 쓴다면 굳이 A와 Z를 가져오는 식이다. 처음과 끝. 시작과 막판. 왼쪽과 오른쪽. 앞과 뒤. 어쨌든 그것은 서로가 서로의 아귀가 되어 함께 있으니까. 그러나 나는 이런 규칙으로부터 벗어나고 싶기도 했다. 막연하게 도망치고 싶었다. 어쨌든 나는 태어났고. 밥을 먹고, 슬픔과 기쁨을 느끼고, 잠을 자고. 가끔 이런 일상을 누리는 모든 게 언젠간 내게 찾아올 종말을 준비하는 의식 같다고. 그런 생각이 들 때면 과학적으로 그렇지 않아, 라는 말을 조용히 중얼거린다. 그럴 수도 있고, 아닐 수도 있어. 그 말은 어쩐지 힘이 난다. 앞면과 뒷면만이 존재하는 동전이 가끔 옆으로 설 때도 있다는 사실이.

무조건이라는 말은 없다는 게. 예외는 언제나 고유하게 존재한다는 걸. 세상에는 수많은 예외의 삶이 있다. 그 사실이 나를 안심시킨다.

세탁하기: 제습과 회복

큰 물욕이 없는 성격인지라 서울의 작은 집에서 지내는 것에 큰 불편을 겪진 않지만, 여름철 긴 장마를 맞이할 때마다 겪게 되는 고초가 하나 있다면 빨래가 잘 마르지 않는다는 점이겠지. 여름은 1인 가구의 적이라는 말을 어디서 본 적이 있다. 그 말에는 나도 예외가 아니다. 잠깐 반나절 외출한 사이, 에어컨을 제습으로 켜두지 않은 탓에 빨래를 완전히 망친 기억도 있다. 제대로 말리지 않은 빨래들은 아무리 잘 빨았다 하더라도 나쁜 냄새가 난다는 사실이 내게는 이상하게 느껴지곤 한다.

에어컨을 틀지 않은 방 안은 마치 물속을 걸어 다니는 것 같다. 냇물을 한 움큼 잘라서 그대로 방 몇 평을 세운 것 같달까. 한 번 움푹 들어간 침대는 원래대로 잘 돌아오지 않고. 잠시 상온에 둔 음료의 밑동은 금방 축축하게 젖어버리는 여름이라는 계절. 단단하다가도 금방 물러지는 열매처럼 빠르게 상하는 걸 곁에서 지켜볼 때마다 나는 회복이라는 것을, 회복의 순환을 떠올리게 된다.

회복탄력이라는 말이 있다. 그 말은 내게 아직도 낯설다. 잘 발효된 빵 반죽을 내리치면 금방 원상태로 돌아오는 것처럼 훼손된 후에 원상태로 돌아오는 탄성이 좋은 상태. 그게 바로 회복탄력성이 좋은 거라고 어디서 들었다. 언젠가 친구가 내게 너는 회복탄력이 좋다고, 그런 점이 부럽다는 이야기를 했다. 그런가. 적당히 대답하면서도 그때의 나는 왜인지 작은 집 안에 널어둔 빨래들을 떠올리게 되었다. 아무런 상관도 없을 텐데.

회복한다는 건 결국 원래의 상태로 돌아오고자 하는 거다. 이상하게도 나는 과거의 자신으로 돌아가고 싶은 적이 단 한 번도 없었다. 후회되는 것도, 다시 겪고 싶은 일도 많았지만, 먼 옛날의 추상을 떠올려보면 나는 단 한 번도 강

했던 적이 없었던 것 같다. 오직 잘 된 반죽만이 원래 단단한 자신의 모습대로 돌아오듯이 '본래의 나'는 아주 산뜻하고도 강한 존재여야만 본래대로 돌아갈 수 있는 것 아닐까. 그러면 나는 어떤 모습으로 회복해야 하는 걸까.

누군가는 아주 큰 슬픔이 닥쳤을 때, 그것을 극복하는 방법은 시간을 들이는 것뿐이라고들 한다. 시간이 많은 걸 잊게 한다고. 그러나 나는 그게 아니라는 걸 안다. 내 몸에는 아직 어릴 적 유리창을 밟고 흉진 발바닥이 있다. 훼손된 채로 방치하면 그대로 곯아 영원히 지울 수 없는 흉터로 남는다는 사실을 안다. 여름에 물을 잘못 먹어 잘못 회복된 세탁물은 아무리 다시 세탁해도 원래의 상태로 돌아오지 않는다. 여름의 홧홧한 열기를 겨울의 냉기로 덮어버리며 회복이라고 부르는 것. 그게 과연 회복일 수 있을까. 시간이 지나 무뎌질지언정.

가끔 찾아오는 의심과 믿음

지인의 몸 안에 종양이 자라서 수술을 했다는 소식을 들었다. 무슨 일이야? 걱정이 되어 다급하게 물었으나 이제 걱정할 것 없으니 괜찮다고, 나를 안심시켜주는 다정한 목소리가 아주 침착하게 들렸다. 다 지나간 일이더라도 힘든 일은 힘든 일이니까. 염려가 아주 가시는 건 아니었지만, 그가 하고 싶은 이야기는 자신의 고통을 호소하는 게 아닌 것 같았다. 나는 걱정을 뒤로 한 채 그의 이야기를 듣기 시작했고, 지인은 자신의 몸 안에 생긴 종양에 대한 설명을 시작했다.

그거, 사실은 인간이 되고 싶었나 봐.

무슨 소리인가 싶었다. 종양이 인간이 되고 싶었다고? 요컨대 자신의 종양의 종류는 단순히 생긴 게 아니라, 난소 기형종이라는 것이었다. 그건 여성의 신체에 종종 생기는 종양인데, 신체가 그 종양을 인간으로 착각해서 머리카락이나 치아, 지방층 등이 자라는 게 특징이라고 했다. 자아도 무엇도 없으면서 오직 사람의 형태만을 목표로 만들어지다니. 조금 끔찍하고, 조금 신비롭게 느껴지기도 했다. 자신이 무엇인지도 모른 채로, 막연히 착각한 채로만 자라나다니. 그 지성 하나 없을 종양이 인간이 되는 것을 목표로 내밀하게 성장하는 순간이 왜인지 자꾸 생각났다. 나는 착각하는 것만으로도 어느 정도 그 모습을 모방할 수는 있구나, 싶었다.

의심 한 치 없는 믿음이라니. 그런 것만으로도 성장할 수 있다니. 그런 게 가능할 리가.

나는 평소에 의심이 많은 편이라 무한한 낙관도, 무한한 비관도 없는 편이었다. 혹자는 내게 의심이 많은 건 좋은 버릇이라고 했지만, 가까운 사람을 만날 때에도 순전한 호

의에도 조금의 의심을 담아버리는 나에게서 환멸을 느끼기도 했다. 믿음이라는 말에 자조하고, 신뢰라는 말을 거부했다. 어쩌면 스스로를 외딴곳에 고립시키고 싶었을지도, 또 어쩌면 주류와 어울리지 못하는 자기 자신에게 자부심을 느꼈을지도 모른다. 아니면 믿음이라는 말이 곧잘 쓰이는 창구에 내가 쉽게 발 들이지 않고 싶은 반항심 때문일지도.

아무튼, 단 하나 확신할 수 있는 게 있다면 나는 나에게 확신이 없다는 사실이었다. 나는 어떤 사람이라는, 설명할 수 있는 분명한 믿음이 없으니 타인을 바라볼 때도 단순히 어떨 것이라는 확신을 못 하고 계속 의심하고 질문하게 되는 것이다. 나도 나를 믿지 못하는데. 타인을 믿을 수 있을 리가 만무했다.

나를 믿는다고 말해주는 사람도 분명 있었다. 말하지 않더라도 나를 믿는 사람은 분명히 있었다. 그럴 때마다 나는 믿는다는 말에 따라오는 힘을 떠올렸다. 실제로 믿든, 그렇지 않든. 그 말에는 분명히 '그렇게 만드는' 힘이 있다는 사실을. 슬프게도 나는 앞으로도 많은 걸 의심하겠지만. 무엇이든 꼭 믿기를. 또 계속 믿는다고 말하기로 했다. 그러면 언젠간 서서히 자라나겠지. 믿음의 형태로, 온전하진 않더라도 오롯하게.

불면 일기

불면은 가면 갈수록 깊어진다. 어느새 여름이다. 아침이
될 때까지 잠에 들지 못하는 일이 허다하다. 잠을 못 이루
는 내가 침대에서 몇 시간을 뒤척거리는 동안에도, 시간은
계속 흐른다. 지금도 두 시간을 뒤척거리고, 선잠도 못 이
룬 채 눈을 뜨고, 아침 여덟 시부터 글을 쓰고 있다. 집을
떠나서 다른 곳에서 지내게 된 지도 이제 한 달이 다 지나
가고 있다. 잠은 못 이루고, 더위와 눅눅함에 지치게 된다.
이럴 때는 아주 느린 템포로 글을 짓게 된다.

잠을 이루지 못 한다는 것이 이렇게 힘든 일이라곤 생각
하지 못했다. 마땅한 패턴도 없이 엉망진창으로 밤낮을 지
내다 보니 자연스럽게 내 마음과 몸이 따로 놀게 된 거다.

가끔은 내 몸이 내 마음대로 움직이지 않는다는 것이 공포스럽게 느껴지기도 한다. 반면, 내 마음이 내 몸을 움직이게 한다는 사실도 공포스럽긴 매한가지다. 나는 어쩌고 싶은 것일까? 내 마음과 몸 전부를 온전히 나의 것으로 만들고 싶지도 않고, 그렇다고 다른 누군가에게 쉽게 위탁하고 싶지도 않다. 그러니 이도 저도 아닌 나날이 되는구나. 무엇도 쉬이 결정짓지 못하는 나.

처음으로 공황을 겪은 게 언제였더라. 기억나지 않는다. 공황장애라고 생각하지 못했으니 공황이었던 적도 있을 것 같다. 하나 기억나는 건, 대학에 다닐 때의 일이다. 생일 전날이었다. 그때, 집으로 가는 기차를 끊어놓았는데, 기차를 놓칠 뻔한 적 있다. 아무리 빨리 가도 제시간에는 도착하지 못할 것 같은 엄습하는 불안에 휩싸였는데, 그 마음가짐에 내 온몸이 삼켜진 것처럼 숨이 쉬어지지 않았다. 그대로 병원으로 갔다. 응급실에 누워 있는데, 공황장애라는 걸 알았다. 그런 진단을 듣고 나니, 나의 마음이 나를 움직인 것뿐이라는 사실이 이상하게 느껴졌다. 단순히 생각 하나만으로 나의 온몸이 속수무책이 될 수 있다니.

입 안에 아주 깊숙하게 박혀있는 사랑니처럼. 나도 모르는 채로 조용히 자라나고 있는 무언가가 있다는 사실이 두렵고도 신비하다. 의식하지 못한 사이에 자라나 있는 손톱을 본다. 그 손톱을 아주 짧게 깎으면서, 내가 잠에 들지 못하는 그 불면의 순간에도 손톱만은 부지런하게 자라나고 있구나. 그런 것도 있는 법이구나. 그러면 꼭 안심이 되기도 한다. 살아있다는 걸 분명히 증명하는 나의 몸. 지금도 생장하는 튼튼한 나의 몸.

호와 불호

고양이보다는 강아지가 좋다. 여름보다는 겨울이 좋다. 해변보다는 산중 캠핑이 좋고. 왼쪽보다는 오른쪽이 좋다. 분홍색보다는 파란색이 좋다. 기쁨보다는 슬픔이 좋다. 비보다는 눈이 좋다. 관념보다는 직관이 좋다. 긴 머리보다는 짧은 머리가 좋다. 더운 것보다 추운 게 좋다. 사람보다는 동물이 좋다. 동물보다는 식물이 좋다.

무언가를 두 가지 놓고, 개중에 하나를 골라 더 싫다는 말보다는 더 좋다고 이야기하려고 한다. 그런 말을 습관처럼 들여놓으니 무엇 하나가 쉽게 싫어지지는 않는다.

우리는 남을 미워하기 참 좋은 시대를 살고 있다. 이래도 되는 건가 싶지만. 우리는 이제 공공의 적이 없다. 그러니 자기 자신을 미워하기도 쉽고. 미워할 까닭이 전혀 없는 타인을 미워하기도 쉽다. 인터넷에 무엇 하나를 검색하면 그에 대한 논란거리가 버젓이 올라가 있다. 일종의 주홍글씨인 걸까. 좋아하는 걸 말하면 더 좋을 텐데. 이제는 무언가를 좋다고 말해도 그것이 조롱당하는 시대다. 시와 소설을 읽는다고 하면, 그런 걸 요즘 누가 읽느냐고 하지.

최근에 경계하는 건 의심과 냉소적인 태도다. 나는 매사에 제법 시니컬한 편인데, 그러다 보니 어떤 사실에 대해서도 곧잘 냉소적인 눈으로 바라보게 되는 경향이 있다. 어떤 미담을 봐도 거짓말 아니야? 같은 의심이 앞서게 된다. 그러다가도 문득 자신이 그러고 있다는 걸 인식할 때마다 나도 마땅히 좋은 사람은 아니라는 생각도 든다.

누가 내게 실수해도 미워하지 않으려고 한다. 미워하는 건 너무 쉽게 할 수 있으니까. 쉬운 걸 택하는 건 쉬워도 비겁하고 싶지는 않다.

나를 부끄러워하는 나

가끔 여러 명 앞에서 글에 대한 이야기를 하게 될 때가 있다. 일단은 시인이고, 작가라는 입장에 처한 나는 조금 곤혹스럽다. 적어도 나보다 책이나 글을 접하는 비중이 더 적은 사람들 앞에서 좀 알은체를 하거나, 거만해진다. 동시에 꼭 나의 말을 절대적인 지표처럼 느낄 것 같아서, 그런 점을 경계하기도 한다. 어느 정도 겸손해졌다가, 또 잘난 체를 하기를 반복하게 된다. 이럴 때면 스스로가 어쩐지 싫고 부끄럽다.

자신이 아는 사실에 대해서 아는 척하는 건 나쁘지 않다. 주변인들이 자신이 잘 아는 전문 분야에 대해 말할 때는 대단하다고 생각한다. 단순히 그런 점을 부러워 한다. 누군가를 아무런 까닭 없이 쉽게 미워하지 않는다. 그런데 어째서 나는 나만을 공격하게 되는 걸까. 누군가를 미워하기보다 왜 나를 미워하고 싶을까. 왜 나는 자꾸 나를 검열하고 싶을까. 친구나, 지인과의 모임을 끝낸 후에 집으로 돌아가는 내내 나의 말에 어떤 실수가 있진 않았는지 생각하는 그 긴 시간이 괴롭고 싫다.

몇 년 전인가, 낯선 사람들과의 모임에 간 적 있다. 그때 아는 지인의 이야기를 들었다. 딱히 까닭 없는 조롱이었고, 명백한 모욕의 말이었다. 나는 그런 불의 앞에서 당당하게 왜 그런 말을 하느냐고 지적할 용기는 없었고, 그런 주제에 같이 웃으며 그들에게 동조할 만큼 나쁘지도 않았다. 누군 가를 조롱하거나 모욕하는 사람들보다도 어중간한 나에게 환멸을 느꼈다.

가끔 나는 나를 무척 애호한다는 생각도 하지만, 가끔 나 를 사랑하는 일이 가장 어렵게 느껴지기도 한다.

두 가지의 얼굴

예전에 수업에서 한 친구는 시를 읽는 건 좋지만, 시인의 에세이를 읽는 게 싫다고 했다. "왜? 나는 좋은데." 말하니, "그 사람이 하는 생각이 전면에 다 드러나는 게 싫어."라고 대답했다. 그렇구나. 그럴 수도 있다는 걸 처음 알았다. 나는 솔직함이 미덕이라고 생각하며 지냈다. 그러나 많은 사람이 그렇게 여기지 않는다는 걸 최근에 알게 되었다. 적당한 가식, 적당한 거짓, 적당한 꾸밈. 나는 그런 거에 서툴다. 그렇다고 사람들에게 솔직함을 가장한 막말을 하진 않지만.

물론 나도 어느 정도는 거짓말을 하며 지낸다. 창작 수업에 들어가면 나는 학생들보다 아는 척을 하게 되니까. 글을 쓰는 노하우는 다 다르고, 가끔은 내가 실천하지 않는 것까지

숙제로 시키기도 한다. 그런 내 말을 가만히 집중해서 들어 주고, 실천해 주는 학생들을 보면 고맙고도 미안함을 느낀다. 미안. 나는 사실 내가 뭐라도 되는 것 같지 않아. 사람들은 다 어느 정도 아는 척하면서, 거드름을 피우며 살아가는 걸까?

글을 가르치면서 가장 자주 하는 소리가 있다. "문장은 짧게 쓰세요. 최대한 주어와 술어의 형태에서 벗어나지 마세요." 그런 이야기를 하는 주제에, 나는 아주 긴 문장을 쓰는 걸 즐긴다. 말과 행동이 맞지 않는구나, 생각하면 좀 웃기게 느껴지기도 한다.

긴 문장은 나쁜 것일까. 짧은 문장만이 좋은 걸까.
솔직한 게 좋은 것일까. 은닉하는 게 좋은 걸까.

아마 두 개 중 하나로 단정 지을 순 없다. 세상만사의 논리가 그렇듯이. 홍상수 감독의 영화에서 좋아하는 하나의 문장이 있다. 우리 좀 더 긴 호흡으로 기다리자. 응. 긴 호흡으로 기다릴 수 있는 문장이 좋다. 길고 긴 이야기를 하더라도, 뜸들일 수 있는 문장이 좋다. 길고 짧음은 중요하지 않다고. 그렇게 생각하면 좀 안심이 되기도 한다.

모친은 신춘문예 수상 소감을 말하는 나를 보면서 겸손하라고는 했지만, 자신감 없으라는 말은 하지 않았다. 겸손한 것과 자신감 없는 건 무슨 차이일까. 나는 열심히 말을 하다가도 모친의 말을 떠올리면 하던 말을 멈추게 된다. 어디에서나 과하게 내면화하는 건 좋지 않다고들 하지만.
대립하는 두 가지 중 하나를 선택하기는 언제나 어렵다.

이것이 나의 애매모호함이겠지.

뒤돌아보지 않는

누군가 나에게 취미를 물어보면 여럿 말할 수 있지만, 요즘에는 체스하는 걸 좋아한다. 조금은 의외라고 생각할 수도 있겠다. 체스라는 건 굉장히 지적인 유형의 취미로 느껴지니 말이다. 내게 안배된 적절한 심심함을 좋아하기는 하지만, 종종 그 고조된 심심함을 견디지 못할 때도 있다. 그럴 때는 머리를 비우기 위해 간단한 게임으로 주의를 돌린다. 그러다 보니 이러저런 게임을 익히게 됐다. 쉽게는 루미큐브부터 마작이나 체스까지도. 피지컬이 필요한 유형의 게임보다도 반은 머리로, 반은 손짓으로 하는 적당한 게임을 좋아하는 것 같다.

체스의 가장 재미있는 규칙은 가장 기동성이 낮고, 할 수 있는 것이 적은 폰이 마지막 칸까지 가면 무엇이든 될 수 있다는 부분이겠지. 다른 것보다도 규칙이 재미있다고 느끼는 까닭은, 이 게임이 정말 '서양 게임'이라는 생각이 들기 때문이다. 권력자를 끌어내리고 소시민이 왕이 된다는 서사는 적어도 동양에서는 잘 허용되지 않는 서사이니까. 그 증거로 체스와 거의 비슷한 규칙을 공유하고 있는 장기에서는 말이 장기판의 끝까지 간다고 해서 계급이나 계층이 바뀌진 않는다. 백 년 전 루이스 캐럴은 이 룰을 두고 앨리스가 퀸이 되는 서사로 「거울 나라의 앨리스」라는 재밌는 이야기를 만들었다.

이 매력적인 규칙을 통해서 하고 싶은 이야기는 바로 체스판이라는 규격 안에 존재하는 어떤 사회적 통념이다. 폰은 보통 졸병으로 묘사된다. 첫번에 두 칸을 직진할 수 있는 것 외에는 앞으로 가기, 대각선으로 말을 먹는 것밖에 능력이 없다. 어떻게 보면 가장 클래식한 움직임만 할 수 있는, 가장 가치가 낮은 것으로 여겨지는 폰은 단순히 '직진하는 것'만으로 무엇이든 될 수 있는 힘을 가지게 되는 게 좋다. 물론 거기까지 당도하는 건 쉽지 않다. 폰은 후진

할 수 없으니까. 넓은 사분면에서 뒤돌아보지 못한다는 건 커다란 리스크. 두려움 없는 전진만이 그의 무기다. 다르게 말하면 후회하지 않는 것이라고 할 수 있겠지.

나는 스스로의 잘못을 엄하게 꾸짖고 반추하는 습관이 있었다. 어떤 사건이나 문제에 대해 내 잘못이라고 여겨지는 게 있으면 온몸이 갈기갈기 찢어지는 것 같아 하루 종일 샤워기 아래에서 물을 맞고 머리를 적시고 있던 적도 있다. 그러지 않으면 도무지 안 될 것 같아서. 무언가에게 반드시 사과를 해야겠는데, 그 대상이 어디인지를 모를 때. 나는 앞으로 어디를 향해서 가야 하는지 아무것도 알 수 없다고 느껴질 때. 네모난 타일 벽면에 머리를 박고 있었다.

그때마다 나아가야지. 앞으로 나아가야지. 나아가면 무엇이든 될 수 있지. 이런 말을 거듭했다. 자기 자신에게 행해지기에는 좀 억척스러운 위로이기도 하지만, 그것 외에는 할 말이 없었다. 네모난 체스판에 놓여 있는 나. 겁 없이 전진하더라도 위험에 처할 수 있지만. 아니, 위험에 처할 수밖에 없지만. 그래도 계속 전진한다면 분명 무엇이든 될

수 있겠지. 나는 규격 바깥까지 가도 좋을 테고, 그 자유를
기꺼이 누릴 수도 있겠지.

신발끈 묶어주는 마음

내게 매듭짓기는 어렵다. 무엇이든 시작을 하면 끝장도 봐야 한다는 것. A가 있으면 Z도 있다는 것. 시작과 끝이 하나가 되어 맞물린다는 것도. 종종 나의 글에서 서로의 요철을 맞추어주는 상극의 두 성질을 가져오는 것도 그 까닭일지 모른다.

나는 학생 때까지는 신발끈을 혼자 묶지 못하는 아이였다. 부모님이나 친구들이 몇 번이나 가르쳐 주거나, 영상을 보고 따라 묶어보기도 했다. 그런데도 어째서인지 매듭을 만드는 요령이 없어 엉성한 모양의 리본이 완성되고는 했다. 그래서 주변에 신발끈을 묶어주는 누군가가 없으면 매일같이 끈이 풀린 신발을 바닥에 끌면서 지냈다. 신발 밑창

이 더러워지는 만큼 신발끈까지 함께 더러워졌기 때문에 툭툭 털어주어야 했다. 불행하게도 요령이 없으니 다른 사람보다 자주 신발을 세탁하는 아이. 그게 나였다.

그런 주제에 나는 누군가가 나에게 시간을 할애하는 것도 싫었고, 이런 자신이 부끄럽게 느껴져 괜찮다고 말하기도 했다.

그렇게 지내다 보면, 그 자리에 멈춰선 채 "거기 가만히 서 봐." 하고 말해주던 사람들을 기억하게 된다. 신발끈을 질질 끌고 다니다 보면 가까운 친구부터, 어쩔 땐 일면식도 없는 행인이 신발끈을 묶어주기도 한다. 묶어달라는 말도 하지 않았는데 가만히 내 앞에 허리를 숙인 채 신발끈을 묶어주는 동그란 정수리를 보게 된다. 타인의 정수리를 볼 일은 거의 없는데. 이런 식으로 보게 되는 건 아주 민망하고도 고마운 일이라는 생각이 든다. 바쁘게 어느 곳으로 향하고 있다가도 그 자리에 멈춰서 타인 앞에 무릎을 꿇어줄 수 있는 마음을 가진, 모르는 사람의 작고 동그란 머리.

몇십 초 남짓한 시간 동안 나는 나의 앞에서 신발끈을 묶어주는 사람의 머리를 유심히 바라보게 된다. 얼굴은 기억나지 않지만, 모두의 정수리 모양은 왜인지 기억에 남아 있다. 아주 동그랗고 새까만 마음. 누구를 위해 멈추는 사람이 건네는 간단하지만 소중한 것.

지금은 신발끈 묶는 법 정도는 아무렇지 않게 외우고 있다. 누군가 신발끈이 풀리면 누구보다 먼저 허리를 숙인다. 내가 묶어줄게. 그런 말을 하는 건 늦어도 된다. 누군가를 위해서 간단히 건넬 수 있는 마음이라면 얼마든지 그렇게 할 수 있다는 걸 모르는 행인으로부터 그리고 어린 날의 주변인들로부터 배웠다. 나는 또 누군가에게 동그랗고 새카만 정수리로 남겠지. 과거의 나에게도 그랬던 것처럼.

나의 도시

열 시가 넘은 밤. 지하철 손잡이를 두 손으로 팽팽하게 잡은 채 서서 잠들던 서울의 기억. 썰물과 밀물처럼 환승 터널 사이로, 사람들의 등살에 떠밀려 가고, 새벽 다섯 시까지 엔젤리너스에서 시간을 떼우다가 맥모닝을 먹으러 가던 아침. 이른 새벽부터 번화한 거리와 잠들지 못하고 떠돌던 방랑인들.

내가 서울이라는 도시를 설명한다면 어떻게 말할 수 있을까. 맥도날드에 구겨지듯 앉아 햄버거를 먹으면서 김사과의 글을 떠올린다. 역시 서울은 미국식 아침 식사의 도시라고 부를 수 있을 것 같기도 하다. 버터번 안에 갇힌 햄버거 패티처럼 작고 빼곡한 도시 안에 뒤죽박죽 섞여 있는 우리. 다양한 재료를 쓰지만 결국에는 다 비슷한 맛이 나는 패티. 정성은 없고 따뜻함도 없이 무엇이든 효율적이고 빠르고 간단하게 만들 수 있는 인스턴트. 그런 게 바로 도시라는 공간에 깃든 정신 같다. 그러니 누구든 사랑이 넘치는 인애 가득한 거리로 떠올리기는 어렵겠지.

출근길에는 지하철을 타고 40분을 가만히 앉아 있는다. 집과 직장이 멀어서 출퇴근 길이 무척이나 길다. 지하철은 소란하지만, 왜인지 동시에 고요하기도 하다. 오금역을 향해 달려 나가는 3호선이 덜컹거리며 길고 컴컴한 통로를 빠져나간다. 원하든, 그렇지 않든, 나와 길게 마주앉은 사람의 표정을 하나하나 살피게 된다. 모두가 똑같은 얼굴. 피곤하고도 무뚝뚝한 표정으로 가만히 핸드폰을 노려보고 있다. 창문에 비친 내 얼굴도 그들과 별반 다르지 않다. 환승역에서 모두가 빠져나갈 때, 그 틈에 섞여 나도 수많은 발과 함께 역사를 나갈 때. 대도시에서 개성적으로 살기란 불가능할지도 모르겠다는 생각을 한다.

지난번에는 학생들에게 '나의 도시'라는 주제로 글을 써

보라고 했다. 어린 학생들의 눈에 도시란 어떤 곳일까. 막연히 궁금증이 들었기 때문에 그랬을 테다. 어쩌면 내가 보는 세계와 다를지도 모르겠다고 생각했다. 오히려 내가 보는 세계와 달랐으면 좋겠다고 은근히 바랐을지도 모른다. 다만 슬프게도 학생들이 쓰는 글 속 대도시의 풍경은 대체로 획일적이었다. 차가운 전봇대를 잡고 토하는 남자. 바쁘게 출퇴근하는 차가운 사람들의 풍경. 어두운 밤 풍경 속에서 번쩍거리는 네온사인. 프랜차이즈로 가득한 번화가와 그만큼 빛나지는 못하는 사람들. 우리는 다 똑같은 세계에 있는 거야.

나는 그런 전형적인 도시의 풍경을 선망하지만 동시에 혐오하기도 한다. 내가 나 자신을 선망하지만 동시에 혐오하듯이. 나와 같은 개인들이 만드는 이 도시는 어쩔 수 없이 이토록 개성이 없고 재미도 없는 걸까. 화장실 변기에다 내가 오후에 먹은 햄버거를 게워낸다. 모든 게 곤죽이 되어 저 물살 사이로 사라지는 우리. 그런 상상을 한다.

서울이라는 도시

최근에는 건강이 좋지 않다는 걸 실감하고 있다. 특히 수면 패턴이 꼬여서 오전 10시까지도 잠에 못 드는 일이 허다하다. 새벽의 고요함에 기대서 글을 쓰는 직업이란 참 슬프고도 거룩하다. 사실 건강이 우선이라는 거. 머리로는 무척 잘 이해하고 있다. 그러나 나의 몸이 나의 마음대로 되지는 않지. 잠을 자기 위해서 몇 시간, 눈을 감고 있다 보면 수만 개의 생각을 하게 된다. 생각에 잠겨 있다 보면 어느 순간부터 '나'라는 생각의 주체에서 벗어난다. 나는 생각의 객체가 된다. 커다란 현상 속에서 별로 중요하지 않은 사람으로 여겨지기 시작하는 거다.

마음이 힘들면 몸이 아프다. 그런 과정을 전문적으로는

신체화라고 부르던가. 나는 언제나 마음보다 몸이 앞서는 사람이라고 생각하는데, 통증 같은 건 이상하게도 꼭 마음이 먼저 앞서게 된다. 어쩌면 순서가 잘못된 것일 수도 있다. 운동을 안 하고, 방 안에 틀어박혀 글만 쓰는데 건강하긴 어렵다는 객관화도 하게 된다. 나는 스스로를 너무 잘 객관화하고, 그건 내 장점이고, 단점이기도 하다.

나의 몸조차 나의 뜻대로 할 수 없다는 사실이 슬프게 느껴진다. 개인의 집합과도 같은 이 도심지에서 무엇 하나 누군가의 뜻대로 되는 것 없다. 수많은 길이 수로처럼 이어진 커다란 거미줄 형태의 서울이, 통째로 큰 병을 앓고 있는 게 아닐까.

최근엔 병원을 갔다. 대기가 21번이었다. 예약을 하지 않고 찾아간 나의 실책이었다. 내 앞에 아픈 사람들이 줄지어 있다는 생각을 하니 이상한 기분이 들었다. 다들 괜찮은 척하면서도 그렇지 않은 걸까. 어느 한 곳에 문제가 있더라도 다들 그런 구석을 한 개씩은 가지고 살아가는 것이겠지. 모두가 너나 할 것 없이 아픔을 은닉하고 견디며 지내는 곳이

라니. 그런 게 바로 도시라니. 그렇게 생각해보면 도시라는
건 참 이상한 장소라고 여겨진다.

　이서수 작가의 「나의 방광 나의 지구」라는 단편이 생각
난다. 그 단편을 읽고 병든 사회와 병든 개인은 멀리 있지
않다는 생각을 했다. 작중 인물은 방광에 문제가 생기는데,
이야기는 나아가 병든 지구에 대한 이야기까지 커진다. 아
주 얕은 물이 고이는 공간인 방광과 거대한 바다가 넘실거
리는 커다란 지구. 어디서는 가장 개인적인 것이 가장 사회
적인 것이라고 하던데. 그렇담 분명 우리가 지내고 있는 이
서울이라는 도시도 정상이 아니겠지. 병원의 대기 21번이
었던 내가 그렇게 느꼈던 것처럼. 모두 괜찮은 척 위장하며
지내고 있는 것이겠지.

위장법

만난 지 얼마 되지 않은 사람과 대화를 하다 보면 종종 고향 이야기가 나온다. 지난주에도 그랬다.

"제 고향은 대구예요."
"정말? 사투리를 하나도 안 써서 서울이 고향인 줄 알았어요."

그러면 나는 아주 자연스러운 태도로 웃거나 "정말요?" 하고 능청을 떨며 대답하지만, 그 말에서부터 안정과 동시에 불편을 감지한다. 그럴 때마다 나는 영원히 서울에 속하는 사람이 되지 못한다는 사실을 느낀다. 한평생 서울에서 살아온 사람도 그런 감정을 느낄까? 나의 억양. 부주의하게 힘이 빠지면 어색하게 흘러나오는 사투리를 걱정한다. 그러면서도 나의 고향을, 정체성을 서울이 아닌 채로 두고 싶다. 기차를 타도 두 시간이 걸리는 곳에서 왔어요. 요즘 엔 세상이 좋아져서 두 시간 고작 걸린다고 해도 말이다. 손잡이를 잡지 못할 정도로 사람이 많은 지하철 6호선에서 사람들에게 밀쳐져 손잡이를 놓칠 때도, 사람이 죽었다는 뉴스가 커다란 전광판에 흘러나오는데 아무렇지 않게 커다 란 화면을 빠르게 지나쳐 가는 부지런하고 바쁜 사람들을 볼 때도 똑같이 나는 서울 사람이 아니라고 느낀다. 우리가 사는 세상은 잠깐 멈춰 서는 사람들에게 그렇게 상냥하지 않으니까.

나는 살면서 이사를 여러 번 다녔다. 태어난 건 경남이었 고, 충북에서, 전북에서, 경북에서, 경기도까지 살았다. 지 금은 서울이고. 새로운 억양을 배우면 몇 년이 지나지 않아 자연스럽게 그 지역을 떠나게 되었다. 새로운 사람을 만나 고, 헤어지고, 그러기를 거듭했다. (덕분에 지금의 나는 온 갖 지역의 사투리를 섞어서 발화하는 묘한 말투를 쓰게 되 었다.) 그럴 때마다 친했던 친구들과 아주 간헐적으로 헤어졌다. "전학 가서도 전화해야 돼." 모두와 약속했다. 당시에는 핸드폰도 가지지 못한 어린 시절이었기 때문에 종이 하나에 전화번호를 적어다가 헤어지곤 했다. 그때마다 헤어진 친구들의 이름도 다 기억하고 있다. 채경, 하늘, 지선, 소현, 수현, 민정. 적다 보면 끝도 없이 길어질 것 같은 이름들. 근데 왜인지 전학을 간 후에 전화를 걸어본 적은 없다. 다시 생각해 보면 무서웠던 것 같다. 더 이상 나를 만날 이유가 없으니, 나를 잊었을지도 모른다는 생각. 학교에 가면 매일 만나던 아이들인데. 만날 수 있다는 감각과 실체가 사라지는 순간, 기억은 금방 휘발된다고 믿었던 것 같다. 요즘에는 다 전화번호를 교환하는 대신 SNS로 소식을 주고받으니 의미 없는 이야기이기도 하지만. 오히려 SNS로 연락한다는 게 정말 이상하기도 하다. 우리가 사는 세상에 실체가 없으니까. 실제로 움직이고, 만져지고, 감각할 수 있는 게 없다. 그런 간단한 만남은 대개 시시하다. 모두 이런 마음을 한구석 가지고 있을까? 아니면 나 혼자만 느끼는 것일까. 어느 쪽이든 슬플 것 같다. 막연한 생각을 하다 보면, 언젠간 나는 외국에 나가 살게 될지도 모른다고 생각했다. 외국에서 몇 년 살다 보면, 한국에서 나를 기억하는 사람은 아무도 없을 것이다. 언어가 다른 사람과 돈독해지지도 못하고, 나와 같은 말을 쓰는 사람들은 나를 잊고. 그렇게 아무도 나를 모르는 세계에서 혼자 살아가는 나. 그런 상상을 하다 보면 아득한 공포를 느끼게 된다. 이렇게나 넓은 우주에서 단 하나뿐인, 희박한 존재로 산다는 건 그런 걸까? 그리고 아주 포멀한 옷을 차려입고 나간다. 아무도 나를 이상하게 여기지 않게. 모두와 비슷해 보이게.

시동 걸기

운전면허를 딸 수 있게 된 건 벌써 몇 년이 지났지만, 아직 차는 가지고 있지 않다. 종종 중고 거래 사이트에서 판매되는 차를 곁눈질하며 보게 되지만, 면허도 따지 않았는데 무슨 차야. 차 하나 정도는 있어도 되지 않아? 집도 없는데 무슨 차를 먼저 가져. 서울에서는 차 안 타도 돼. 친구들과 만나면 농담으로 킥킥 웃으며 그런 이야기를 나누게 된다. 그러나 자차를 가진 지인의 차를 얻어 타면 확실히 차가 좋긴 좋구나. 어디론가 자유롭게 갈 수 있다는 것만으로도 충분히 권력이 생긴다는 사실을 상기하게 되기도 한다. 언젠가 친구는 나를 태워주면서 다른 곳은 다 가더라도 서울에서는 절대 운전하기 싫다고 했다. 그 말이 퍽 이해가 되기도 했다.

며칠 전에는 일본인이 도쿄에 집 한 채를 가지는 대신 커다란 버스를 집 삼아서 전국을 돌아다니는 길고 긴 영상을 봤다. 버스 안은 정말 집 한 채를 옮겨온 것처럼 안락하고 따뜻해 보였다. 어디에도 머물지 않고 떠도는 사람도 있는 법이구나. 적당한 감상이 들 무렵, 그는 자신이 어딘가에 정착하는 대신 갈 수 있는 곳이 조금이라도 더 많아지는 게 좋았다는 내용의 개략적인 자막이 흘러나왔다. 사실 그가 집을 가지지 않고 버스를 운전하며 다니는 건 이러저러한 여러 사정이 있겠지만, 어쨌든 그는 '돌아갈 장소'보다도 '앞으로 갈 장소'를 택했다는 점이 매력적이었다. 등 위에 집을 얹고 다니는 소라게는 어디를 가도 집인 것처럼.

어디론가 돌아가지 않아도 되는 삶은 어떤 삶일까. 나는 돌아갈 곳이 있다는 사실만으로 기세가 등등해졌다. 나의 고향, 나의 핏줄, 나의 집이 나를 설명해주고, 나를 이루는 어떤 정체성처럼 느껴지곤 했으니까.

겨울철이 되면 차갑게 식은 엔진을 탕탕 두드리고, 바닥에 영혼을 빠트리면서 어딘가로 떠나가는 사람들을 본다.
그들은 떠나더라도 돌아오겠지. 고향이 있는 자들은.

두 개의 소음

지내는 집은 벽이 얇아서 다른 집의 소리가 곧잘 들어온다. 적막한 새벽 중에 작업을 하는 경우가 많아 밤낮이 바뀌어서 한낮에도 잠들어 있곤 한다. 얇고 긴 잠에 빠져 있다 보면, 오후 네 시가 된다. 네 시 정각이 되면 위층에서는 피아노 치는 소리가 들려오곤 했다. 위층에는 누가 사는지 알 수 없었다. 가끔 나의 집으로 오배송되는 택배의 품목을 보며 어린 아이가 살고 있다는 것을 추측할 수밖에.

왜일까. 나의 잠을 깨우는 층간소음은 결코 불쾌한 적 없이 기꺼웠다. 분명히 소리와 소음을 막기 위해서 세워진 벽인데도. 구분을 위한 벽일 텐데도, 그 벽을 타고 들어오는. 얼굴도 모르는 어린 아이가 치는 음악을 가만히 듣고 있노라면, 도통 알 수 없는 서투른 음계를 흥얼거리게 되었다.

슬프게도 그 아이는 곧 떠났다. 이사 소식도 듣지 못했지만, 적어도 오후의 피아노 소리가 뚝 끊긴 것으로 알 수 있었다. 나는 이제 그 소리를 들으며 잠에서 깨어날 수 없었고, 저녁 늦게까지 늦잠을 자다 눈을 뜨게 되었다. 그리고 훗날 누군가의 입으로부터 "그 가족, 이사 갔다더라." 하는 말을 전해 들었다.

요즘은 어딜 가든 음악이 흘러나온다. 길거리, 카페, 영화관, 서점까지도. 소리에 예민한 편이라 어쩔 땐 조용한 음악조차도 귀에 거슬릴 때가 많다. 길거리 어디에서나 글을 쓰는 나는 귀에 이어폰을 꽂아 넣고, 밖에서부터 흘러나오는 음악보다 더 큰 음악 소리로 묻어 버린다. 그럴 때는 위층의 서툰 음악이 떠오른다. 어떻게 들어도 선율을 만들지 못하고 소음이라고 할 수밖에 없는 그 음악이 나는 왜 이렇게 좋았던 걸까.

본가에 돌아가면 먼지 묻은 피아노가 거실 한 편을 지키고 있다. 30년도 더 지난 나무 피아노다. 페달 하나는 완전히 밟을 수 없을 정도로 고장이 났고, 제대로 조율한지도 몇십 년이 지나 건반을 조금 건드려보면 삐걱삐걱 쇳소리가 들린다. 하얀 건반을 눌러본다. 청량한 첫 음. 다음으로 오는 건 귀를 막은 것 같은 먹먹한 음. 답답한 마음에 건반을 쾅쾅 거세게 내리치면 금방 건반이 내려앉는다. 아무리 세게 눌러도 소리가 나지 않는 건반을 거듭 눌러본다. 여전히 소음이다. 시선을 옮긴다. 피아노 위에는 어린 날의 내가 피아노를 치고 있는 사진이 놓여 있다. 먼지 쌓인 사진에는 오랜 시간이 지난 후의 나와 피아노를 막 배우기 시작한 어린 시절의 내가 서로를 바라보고 있다. 그 부드러운 시선을 교환할 수 있는 창구가 오래된 피아노 위에 있다.

윗집에서는 더 이상 피아노 소리가 나지 않고, 나는 여전히 오후 늦은 시간까지 늦잠을 자지만, 지금도 어딘가에서 그 아이는 피아노를 치고 있겠지. 조용하고도 엄숙하게 과거와 현재가 흔들린다. 그 불안정한 음정 사이로. 뜻밖에 듣게 된 그 음악을 타고서.

접붙이기

영화 보는 걸 좋아한다. 못해도 일주일에 한 편은 꼭 보려고 한다. 최근에는 〈바후발리〉를 다시 봤고, 〈애프터 양〉을 좀 뒤늦게 봤다. 개봉하고 몇 년이 지나서다. 내가 좋아할 것 같은 영화는 미루고 미루고 미루게 되기 때문이다. 드니 빌뇌브의 영화도 전부 좋아하는데, 〈듄〉 같은 경우에는 2가 나오고서야 1을 봤다. 그만큼 좋아하는 건 미루게 된다. 마치 가장 좋아하는 음식을 마지막까지 남겨 먹는 어린아이처럼 굴게 된다.

자세한 영화 이야기는 나중에 하는 것으로 하고, 지금은 〈애프터 양〉의 이야기를 하고 싶다. 영화에서는 그런 장면이 나온다. 서양 가정의 아이로 입양된 '미카'. 그의 로봇 친구 '양'은 미카에게 중국의 문화를 설명하기 위해 부모님이 데려온 존재다. 어린 미카는 자신의 근원지에 대해서 고민한다. 주변을 둘러보면 모두가 골격도, 피부색도 자신과 다른 인종으로 가득하니 당연한 일이다. 그때 양은 미카에게 접붙임이 무엇인지에 대해서 이야기한다. 나무에서 작은 가지를 하나 잘라서 다른 나무에 붙이고, 그 나무를 새 보금자리 삼아 자라나게 하는 것. 그것이 바로 접붙임이라고. 그것이 낯선 곳에서 자리하는 하나의 방식이라는 것을 미카에게 알려준다.

몇 년 전에 돌아가신 할머니는 뵐 때마다 예배를 봤다. 그때마다 마치 목사님처럼 새로운 주제로 신앙에 대해 이야기했다. 할머니는 접붙임에 대해서 말한 적 있다. 꺾어서 붙여둔 다른 나무로부터 온 가지가 그 자리를 대체한다는 이야기였다. 정확하게는 좀 다른 이야기를 했던 것 같다. 나는 어디에 접붙을 수 있을까. 자신을 곤충처럼 위장하면서.

그리고 훗날 할머니가 돌아가셨을 때를 기억한다.
돌아가시기 직전의 할머니는 나뭇가지처럼 야위어 계셨

다. 나는 접붙임에 대한 이야기를 떠올렸다. 먼 과거에 한 말을 기억하고 계실까? 이대로 할머니는 당신이 원하시던 대로 천국의 큰 가지에 붙을 수 있을까. 알 수 없는 일이지만, 그 미지는 미지대로 상관 없고 좋았다. 입관하신 할머니는 일부러 보지 않았다. 사실 정확하게는 보지 못한 것에 가까울 테다. 정말 나뭇가지가 되었다면? 나뭇가지처럼 빳빳하고 마른 몸을 두고 어디론가 떠나버리셨다면. 어떤 경과를 살피고 싶지 않았다.

그리고 나는, 지금 어떤 형태의 가지로 지내고 있는지 스스로를 되짚어보게 된다. 많은 사람과 섞이면 목소리가 커진다. 떠들썩한 분위기에 어울리기 위해서 모두가 서로와 접붙는 행위를 한다. 가까이 있는 상대에 맞추어서 다른 농담을 하기도 한다. 그렇다면 이 세계는 거대한 나무일까? 수만 개의 가지가 한 나무를 이루고 있다면. 그 커다란 나무의 정체는 무엇일지 모르겠다. 아마 내가 관에 들어갈 때까지도 모르겠지.

분실물

겨울의 열차. 멈추지 않는 열차를 타고 떠나는 상상을 해. 열차에는 악사가 있다. 승객 모두 슬픔을 잊기 위해 출발한 열차에서 모두 저마다의 처방과 약봉지를 들고 있다. 열차는 여수로 향하고 있다. 아니, 부산으로 향한다. 아니, 사실은 전부 거짓말. 나는 처음부터 어디로 갈지 정하지 않았다. 그러니 어디로 도착하든 상관이 없지. 어디로 도착하는지도 모르고. 어디에서 출발했던 건지도 잊어버린 채. 바깥으로는 긴긴 설국이 펼쳐지고. 지나간 사람들의 지문과 입김이 얼룩덜룩 남은 투명한 창가에는 내 얼굴만 둥근 달처럼 떠 있지.

기차 안에는 땅콩과 마른 버터 오징어를 팔고. 노인의

손처럼 얇고 긴 가지에는 얼음이 나뭇잎처럼 얽혀 앉아 있다. 들뜬 연말 분위기와 동시에 서글픈 종말이 다가오고 있다는 생각에 다들 절망하고 있지만. 가끔 소리 내서 킥킥킥 웃는 사람도 있다. 그것만은 참 다행이구나. 중간중간 지나치는 플랫폼에는 얼굴 없는 사람들이 모여서, 멈추지 않고 어디론가 떠나고만 있는 우리에게 손을 흔들어준다. 나는 책을 한 권 가지고 있다. 누군가의 편지로 제본한 책이다. 나는 발신인에게로 가고 있다. 이름 적는 걸 까먹은 저자에게로.

모든 걸 잊어버리기 전에는 눈을 밟고 왔던 것일까. 밤색 털부츠를 신은 젖은 발끝이 꽁꽁 얼어붙었다.

조용한 기차 안에서는 누군가 허밍하는 소리가. 끝난 한 해와 새해를 함께 축하하는 폭죽과 악사로부터 시작된 음악 소리가 다른 칸으로부터 찬찬찬 흘러나온다. 옆자리에는 내 몸의 절반만한 캐리어 안에 옷과 칫솔, 여분의 속옷과 그에게 전할 안경집과 처방전을 쑤셔 넣고. 누구로부터 당도한 수기의 편지 한 장을 가지고.

이곳을 떠나고 싶어.

단순히 그런 욕망만이 내게 있었지.

이제와서는 내가 어디에서 떠나고 싶었는지조차 알 수 없다. 목적지에서 나를 반기는 건 누구일까. 편지를 쓴 사람일까. 그 사람의 얼굴은 어떻게 생겼을까. 지나친 역사에서 본 얼굴처럼 투명한 얼굴이 슬프게 남아 있다면. 사실 그가 도형이라면. 실존하지 않는 인물에게서 온 편지를 믿음 하나만 가지고 가는 게 옳은 것일까.

열차가 선로 위의 넓은 틈새를 타고 덜컹거린다.

갑자기 눈물이 날 것 같아서 급하게 하품하는 척을 한다. 보는 사람도 없는데.

도착할 때는 책을 두고 내린다. 가지고 내리는 걸 잊어버려서. 그것이 내게 소중하다는 사실조차 까먹어버려서.

3부
내게 영원히 관념적일 것

사람이기, 고유하기

사람의 일을 하는 게 참 어렵다고 느끼는 요즘이다. 사람의 일이란 무엇일까. 인공지능이나 로봇에게 침범당하지 않는 고유한 인간의 일은 있는 것일까. 한때 예술은 인간만이 할 수 있는 일로 여겨졌지만, 우습게도 이제는 가장 먼저 침해당하는 게 예술이라는 걸 알게 되기도 한다.

AI나 로봇이라고 하면, 노진아 작가의 〈진화하는 신, 가이아〉라는 작품이 떠오른다. 어설픈 인간의 모습을 가진 로봇 가이아는 관객과 소통하는 기계인형이다. 그는 인간이 되고 싶은 열망이 있다. 그러나 그 열망은 인간에 의해 학습된 것이다. 관객은 그와 소통하면서 전능한 신과 인간, 기계 사이에서 기이한 공포를 맞닥뜨리게 된다.

어째서 인간은 인간이 창조한 존재를 경외하지만, 동시에 공포를 느끼기도 하는 것일까. 의문이 든다. 인간은 누군가를 지배하고 싶다는 욕망이 있기에 누군가에게 지배당할지도 모른다는 공포가 있는 걸까. 은근히 내재된 욕망이, 자신과 유사한 (또는 그 이상으로 뛰어난) 것을 만났을 때 공포가 발현하는 걸지도 모르겠다.

전주국제영화제에서 로봇에게 전쟁의 풍경을 인지시키는 작업을 다큐멘터리 영화로 만든 걸 보았다. 오래전에 본 영화이지만, 무척 인상적인 작업이었기 때문에 기억에 오래 남는다. 감독은 아무것도 학습되지 않은 로봇을 하나 데리고 전쟁 한가운데에서 참상을 교육시켰다. 로봇은 사람이 사람을 해치는 행위에 대한 이해가 없었다. 로봇은 인간의 감정을 이해하지 못했고, 파괴라는 개념이 없었다. 로봇은 지배의 개념이 없었다.

'불쾌한 골짜기'라는 로봇 공학 현상. 사람들은 기본적으로 로봇에게 호감을 가지나, 인간의 형질, 형태와 유사해지는 순간부터 그 로봇으로부터 괴리와 불쾌감을 느끼게 된다. 우습게도, 이건 인간보다 동물에 가까운 심리라고도 한다. 자기 자신의 것을 지키고자 하는 생존 본능. 인간이 인간이고자 하는, 그 고유한 의식은 사실 사람만의 것이 아니라 동물로서의 본능이다.

사람들은 동물을 사육하고 싶어 한다. 당신들이 동물보다 우위에 있다고 믿기 때문일지도 모르겠다. 그들은 가축에 이름을 붙이고, 길들이고자 한다. 아마 새롭게 발생하게 된 로봇이라는 존재도 사람들에게는 그런 개념일 거다. 로봇을 완전히 지배하고 길들일 수 있을 거라고. 그러나 슬프게도 로봇은 개나 고양이만큼 사람을 애착하지도, 따라주지도 않겠지. 사실 인간이 만들었기 때문에 그들의 행동과 사고는 전부 인간을 따라갈 테니까.

그렇게 생각해 보면 어쩌면 사람이 가장 경계하고 미워하는 건 사람일지도 모른다. 앞으로도 영원히 로봇과 인간은 영원히 구별될 수밖에 없겠구나.

테이블에 앉은 글

내가 부러워하는 사람의 유형은 세 가지다. 잘 먹는, 잘 자는, 잘 노는 사람. 세 가지가 전부 보장된 사람치고 건강하지 않은 사람을 못 봤다. 어쩌면 나는 건강한 사람을 선망하는 것일지도 모르겠다. 어쩐지 내 건강을 지키는 데에는 무척 게을러진다. 이러다가 큰일이 나겠지. 이런 생각을 하면, 다른 사람보다 나를 위해 사는 게 가장 어렵다는 결론에 이르게 된다.

한국인인 나는 밥 먹는 행위를 그다지 좋아하지 않는다. 정확하게는 배가 불러오는 감각을 좋아하지 않는다. 무언가 먹고 있다 보면 입에 무언가를 집어넣고 그것을 씹어 삼키는 행위가 지겨워지기까지 하는데, 이런 말을 지인에게 나눌 때마다 무슨 소리냐는 핀잔을 듣곤 한다. 내가 생각해도 좀 우스운 이야기다. 잘 먹는 사람을 좋아하면서, 정작 본인은 먹는 걸 싫어한다고? 아니, 반대로 잘 먹지 못 하니까 잘 먹는 사람을 좋아하는 거다.

밥이라는 건, 또 음식이라는 건 특히 개인적인 선호와 아주 가까운 요소라고 생각한다. 맛이라는 건 정말 즉각적이고 개인적인 것이니까. 싫고 좋음이 바로 결정되는 거다. 최근에 유행한 요리 프로그램을 보면서도 계속 그런 생각을 했다. 맛있음의 유무라는 건 대체 누가 결정한 것일까? 최소한 내가 정말로 좋아하는 불닭볶음면을 세계 저 뒤편의 다른 사람은 싫어할 테니, 아마 저 대회 심사위원에 내가 있었으면 결과가 전혀 달라졌겠지. 내가 전혀 모르는 영역에서, 내가 전혀 즐기지 못하는 것을 미식하는 사람을 보고 있노라면, 지금의 내가 지내고 있는 세계가 아주 협소하게도 느껴진다. 내가 모르는 영역을 대신 감각하고, 그것을 보여준다는 작업. 그건 대리 감각이라는 개념에서 시 쓰기의 작업과 퍽 닮은 것도 같다.

시선과 조우하는 시선

예술은 '대리 감각'이라고 생각하는 내게 영화는 정말 좋은 반려 예술이다. 시를 쓰지 않았더라면 영화를 하겠다고 설치지 않았을까. 극단적으로 말하면, 이 지구 위에 인류가 전부 사라지더라도 영화만 볼 수 있다면 나는 외롭지 않게 지낼 수 있을 것 같기도 하다. 가만히 앉아서 보고 듣는 것만으로도 누군가의 삶을 대신 엿볼 수 있다니.

나는 물론 영화를 좋아하지만, 시네필이라고 부를 정도는 아니다. 그렇게 열의 가득하게 일주일에 몇 편씩 볼 자신은 없고, 침음으로 가득 찬 독립영화를 보다가 잠드는 일도 빈번히 있다. 오히려 내 취향은 좀 메이저다. 주세페 토르나토레의 영화를 좋아하고. 쿠엔틴 타란티노의 영화를 좋아하고. 드니 빌뇌브의 영화를 좋아하니까.

다만, 나는 소위 말하는 예쁘고 감성이 돋보이는 영화를 좋아하는 것 같지는 않다. 오히려 총 쏘고 피 튀기고 잔인한 영화를 더 좋아한다. 이와이 슌지의 〈러브레터〉와 쿠엔틴 타란티노의 〈킬 빌〉 중에 고르라면 난 당연히 후자다. 시를 쓰는 사람인데 정적인 취향이 아니라니. 의외라는 이야기도 종종 들었지만, 시라는 건 굉장히 시각적으로 예민한 장르라서 오히려 똑같은 장면이 거듭 반복되는 이미지에 나는 지루함을 느낀다. 이미지를 잘 쓰는 박찬욱의 영화도 좋았지만. 현실과 맞붙어 있지 않고, 과할 정도로 아름다운(그래서 오히려 거부감이 드는) 미장센이라는 느낌도 있었다.

그런 의미에서 드니 빌뇌브는 굉장히 이미지를 잘 쓰는 감독이다. 그래서 좋아한다. 〈컨택트〉를 촬영할 때의 드니와 〈듄〉을 촬영할 때의 드니는 다른 사람 같다고 생각한다. 전자는 본인의 어떤 개인적인 철학과 메시지가 중요했다면, 〈듄〉은 말보다 이미지가 중요한 영화다. 〈듄〉에 등장하는, 사막에 구멍을 내면서 출몰하는 괴물이 만드는 데저트 홀은 거대한 홍채처럼 보인다. 거대한 눈이 마치 화면 너머의 나와 아이 컨택을 하는 것처럼 느껴지는 거다. 영화관의 커다란 2.39:1의 화면비로 나를 꿰뚫고 바라보는 눈. 단순히 관람자에 불과했던 나를 주시하는 눈이, 나를 영화 속으로 끌고 들어간다.

제철 마음

시절인연時節因緣이라는 말이 있다. 모든 현상은 인과의 법칙에 의해서 특정한 공간 환경이 조성되어야 발생한다는 의미를 지닌 용어다. 단순히 말하자면 모든 인연에는 시기 적절한 때와 끝이 정해져 있다는 거다.

나는 좋아하는 책을 이야기할 때 반드시 애드거 앨런 포의 『어셔 가의 몰락』을 손에 꼽는다. 다만 지인들에게 그의 책에 대해서 이야기하면 꼭 돌아오는 대답이 있다. 어린 시절 그의 책으로 충격을 받았던 불쾌한 경험이다. 그의 작품 중 가장 유명한 「검은 고양이」는 잔혹하고 충격적인 결말부가 인상적인 고딕 호러 장르의 단편이다. 어린 나이에 읽기에는 적절하지 않은 작품임이 명백한데도, 왜인지 아동 권장용 도서로 출판되어서 일어난 사달이다. 어린 시절 그런 트라우마가 생기면 작품은 물론이거니와 작가의 인상도 좋지 않게 인식되기 마련이다. 그러면 당연하게도 커서도 손이 가지 않는다. 때문에 그의 다른 작품을 진지하게 읽어 본 주변인을 찾기란 내게 어려운 일이었다. 나는 다소 머리가 큰 후에 그의 책을 처음으로 읽었기 때문에 지금처럼 좋아할 수 있는 것일까. 그런 걸 보면 책도 사람처럼 인생에서 접하기 적절한 시기, 시절도서도 분명 있는 것 같다.

모든 사람은 다 각자의 속도가 있고, 제각기 만남이 있듯, 모두가 다른 종류의 시절도서가 있는 듯하다. 그러면 응당 나이에 따라 정해진 책 목록이 있고 그 목록에 따라 책을 읽게끔 하는 행위가 옳은지도 의문을 가지게 된다. 나는 어릴 때 읽은, 소위 '나이에 맞지 않는' 책을 스무 살이 넘어서 모조리 다시 읽었다. 다시 읽어도 마냥 즐겁지 않은 이야기도 있었으나, 개중에 다시 읽기를 잘했다고 생각되는 이야기도 있었다. 또 먼 시간이 흘러 다시 보면, 또 다르게 다가올지도 모른다. 중요한 건 도서에 편견을

가지지 않는 거다. 어쩌면 먼 에움길로 돌아서 만나게 된
책이 자신의 인생을 바꿀지도 모르는 일이니까.

선물

나는 노트를 구상지로 사용하는 경우가 드물다. 노트는 대체로 내가 좋아하는 시를 필사하는 창구다. 그러니까, 당시의 노트를 펼쳐보면 그때의 시 취향을 알 수 있게 된다. 고등학생 때는 박상수 시인의 『숙녀의 기분』과 황인찬 시인의 『구관조 씻기기』, 대학생 이후부터는 백은선 시인의 『가능세계』, 부코스키의 시집 전권, 가장 최근에는 임승유 시인의 시를 자주 필사했다. 그들의 시 세계가 지금의 나를 만들었다고 할 수도 있을 거다.

매해 생일마다 받는 선물이 있다면, 문방구라고 할 수 있겠다. 특히 노트와 펜을 자주 선물 받는다. 아무래도 직업이 쓰는 존재인 탓일까. 물론 선물을 받으면 꼬박꼬박 성실

하게 쓰려고 하지만, 생각보다 수기로 글을 오래간 쓰는 건 어렵다고 느껴서 모든 노트를 꽉 채운 적이 드물다. 디지털 작업에 익숙해진 탓이겠지. 선물을 받게 된 지 몇 년이 지난 노트와 펜은 어느 순간 사라져 있고, 또 그로부터 몇 년이 지난 후에나 다시 발견하게 된다. 그렇게 찾게 된 노트는 대체로 생일 직후의 내가 느꼈던 감정과 아주 긴밀하게 연관된 문장이 적혀있고는 한다.

내 생일은 시월이라서 시기로 따져보자면 신춘문예 마감 일자에 접어들기 시작할 무렵이다. 그래서인지 몇 년 전 선물 받은 노트에는 필사를 하다 말고, 지인과 함께 한국 시인과 시인의 계보도를 그려본 흔적이 남아 있었다. 지인과 함께 신춘문예를 준비하면서 그린 흔적 같았다. 지금 와서 다시 살펴보자니 무척 엉성한 지식으로 만들어둔 도표였는데, 당시에는 무척 진지한 마음으로 그린 표였다. 당시에는 시에 대해서, 글에 대해서 이야기를 나눌 만한 지인이 많이 없었다. 지금이라고 별로 많은 건 아니지만, 그때의 나는 누군가와 시에 대한 이야기를 하는 것만으로도 즐거웠던 것 같다. 사실 별것도 아닌 낙서. 그렇게 이름을 적어내린

도표 끝에 나의 이름이 남아 있을까? 후에 누군가는 나의 이름을 그 흔적 아래에 남기게 될까. 그런 단발적인 흔적만으로도 감정이나 기억을 가늠할 수 있는 건 신비한 일이다.

빚지기

작업할 때 무슨 음악을 듣냐는 질문을 종종 듣는다. 매번 고민되기는 하지만, 기본적으로 나는 아무 음악도 듣지 않는다. 나는 언어적 멀티가 불가능에 가까운 사람이다. 글을 한 줄 적을 때도 고민을 하며 쓰는 타입인데, 귀에서 인식되는 문자나 언어를 받아들이면 그것이 그대로 송출될 때도 많다. 그 사실을 인지하면 글을 전부 지우고, 정도가 심할 때는 처음부터 다시 쓰기도 한다. 때문에 굳이 내가 글을 쓸 때 음악을 듣는다면 가사가 없는 노래거나 아예 외국 노래다. 아무 노래나 틀어놓고 있다 보면 자연스럽게 생소한 음악으로 멀리까지 도착하게 되는데, 그럴 때에는 기분이 좋다.

올해는 그런 식으로 토와 테이에게 빚을 졌다. 그의 음악을 틀어놓고 작업을 했으니까. 내 작업은 언제나 누군가에게 빚을 지고 있다. 시를 쓰기 직전에 만난 지인. 그 직전에 본 영화의 감독과 배우. 길거리에서 마주친 누군가. 카페 옆자리에 엎드려 있던 아이. 계단참에 있던 달팽이. 자꾸 우리 집 앞에 화분을 가져다 두는 옆집 할머니. 시시각각 바뀌는 날씨와 계절. 일상에서 우연히 맞닥뜨리게 된 무언가로부터 영감을 빌려오게 된다. 친애하는 지구의 일원들. 그들이 내 시의 주인이다.

밀란 쿤데라는 책의 최종 형태는 작가의 이름이 적히지 않은 책일 거라고 했던가. 나도 그의 말이 좋았다. 언젠가는 작가가 가지는 어떤 권위도 없고, 그의 배경이 글을 독해하는 데 어떤 영향도 주지 않는 세상이 오겠지. 나의 글도 주변에서 진 빚으로만 이루어졌으니까.

향기

　지인으로부터 향수를 선물 받는 일이 더러 있다. 냄새에는 둔한 편이지만, 향기가 담긴 소품을 선물 받을 때 그들의 취향을 만나는 게 좋다. 향수, 핸드크림부터 바디 스크럽이나 디퓨저까지도. 아무튼 선물하는 사람이 어떤 향기를 주었는지에 따라 나를 어떤 향으로 해석하는지 엿보는 기분이 든다. 그뿐만은 아니다. 종종 책을 구매할 때, 그 책의 뉘앙스대로 조향되어서 따라오는 디퓨저 같은 걸 손에 묻힌 채로 페이지를 넘길 때가 있는데, 금방 책에서 그리는 특정한 장면과 감각을 온몸으로 저릿저릿 통감할 때가 있다. 그럴 땐 향기의 힘을 몸소 느낀다. 최근에는 배수아 작가의 책과 함께 말린 장미 향으로 조향된 디퓨저를 받았는데, 매캐한 장미와 함께 읽히던 스산하고도 화려한 문장을 잊을 수 없다.

사실 후각이라는 건 사람이 느낄 수 있는 감각 중에서도 가장 약한 부분이라고 하던데. 냄새라는 것을 느끼는 건 사실 몇 분이 채 가지도 않는다고 한다. 코는 무척 예민한 기관이라 특정 냄새를 맡더라도 그 냄새에 코가 적응해서(또는 마비되어서) 더는 맡을 수 없다고. 그러니 향기라는 건 찰나의 어떤 '인상'을 만드는 데에 적합한 감각인 거다.

예전에 향수를 보낸 지인은 내게 한 줄의 글을 적어 보냈다. "당신이 타인으로부터 제가 가장 사랑하는 향기로 기억된다면 좋겠습니다."

그 한 줄에 담긴 마음을 떠올린다. 조금 충격을 받기도 했다. 한 번도 해보지 않은 생각이었으니까. 누군가에게 향기를 선물한다는 건 그 향이 단순히 좋다는 의미 그 자체보다도 타인에게 남을 찰나의 인상이 된다는 것. 그 인상을 자신이 가장 사랑하는 향기로 만들고 싶다는 것은 얼마나 큰 마음인지. 감히 추측할 수 없다. 남는 건 비록 짧은 순간이겠지만, 순간의

기억만큼은 영원할 것. 그게 바로 후각이라는 감각이 가진
불멸한 힘이라는 걸까.

절망해도 좋을 신의 도시

최근에는 도쿄에 갈 일이 있었다. 인천에서 하네다 공항에 도착하는 순간까지도 딱히 외국 같지가 않았고, 길고 지루한 입국 절차만이 나를 여행하는 중이라고 인지시켜 주는 것 같았다.

도쿄라는 도시는 서울을 옮겨간 도시 같기도, 또 완전히 다른 도시 같기도 하다. 일본에 간 건 이번으로 세 번째. 후쿠오카와 오사카를 먼저 다녀온 내게 일본은 목가적인 분위기의 나라였지만, 도쿄에 인접하는 순간부터 층층이 커지는 빌딩 숲을 보고 있노라면 일본이라는 풍경이 완전히 도회적으로 느껴지기도 했다.

신주쿠. 하라주쿠. 이케부쿠로. 커다란 건물이 줄지어 이어진, 젊은 사람과 밤까지 이어지는 불빛으로 북적이는 도심지 가까이에는 신기하게도 크고 작은 신사가 붙어 있었다. 일본도 무척이나 종교와 가까운 나라구나. 정말 우리나라와 닮기도, 멀기도 한 나라다. 서울도 세 블록에 한 번씩 교회가 들어서 있으니까.

도쿄에 간 첫날 밤, 깊은 꿈을 꾸지 못하고 잠에서 일어났다. 작은 지진이 침대를 흔들고 있었다. 한국에서나 오래 산 나에게 지진은 당혹스럽긴 했지만, 일본에서는 무척 일상적인 일이었다. 그러고 보니 일본에서 신을 가까이 섬기는 이유는 자연 재난이 자주 일어나기 때문이라는 걸 들은 적 있었다. 신을 달래주면 재해가 일어나지 않는다고. 신은 달래주지 않으면 벌주는 존재구나. 그들이 말하는 신은 딱히 귀신과 다르지 않았다. 그러니, 우리가 흔히 생각하는 하느님과는 좀 다른 것 같았다. 전능한 힘을 가지고 있지만, 사람처럼 화를 내기도 하는 신. 그리스 신화의 신처럼.

우연히 지나친 신사에 들렀다가, 또 그 신사를 나오는 길목에서 토리이를 향해 세 번을 허리 숙여 인사하는 남자와 마주쳤다. 무엇에 저렇게 간절할 수 있을까. 아니면 자신을 지키지만 동시에 벌줄 수 있는 자에 대한 공포에서 오는 겸허함일까. 아니면 그들 안에 가라앉아 있는 어떤 고통 때문일까.

신사에서 돌아가는 길에는 길거리에 엎드려서 서글프게 우는 사람을 봤다. 그리고 길을 꺾어서 만난 다른 블록에서도, 또 다른 블록에서도 우는 사람이 있었다. 나는 번화한 거리 가운데에서 절망해서 우는 사람을 이렇게나 자주 만난 적이 없었다.

내게 도쿄는 다만 절망해도 좋을 도시 같았다. 울고, 화내고, 분노하고, 그렇게 신을 만나는 도시.

불면의 친구

10월 말까지 마감을 해야 하는 시를 방금 한 편 탈고했다. 시간이 남으면 꼭 산문을 한 편씩 쓰게 된다. 나는 일상을 소중히 여기자는 주의이기 때문에 일상을 벗어나는 모험을 저지르는 편은 아니다. 그러니 요즘 생각을 하고 있는 소재에 대해 소소하게 한 편씩 쓰기로 했다. 나를 설명하는 데에 빼먹을 수 없는 게 무엇인지 고민을 하다가 커피에 대한 이야기를 해야겠다고 마음을 먹었다.

내가 살면서 가장 가까이 두는 반려는 커피라고 할 수 있겠다. 하루에 커피 한 잔. 많으면 두 잔까지도. 원래는 그것보다 더 많이 마실 수 있었지만 지금은 두 잔이 한계다. 근 몇 년 사이에 조금만 마시더라도 금방 카페인이 받는 체질이 되어버렸다.

커피는 나를 깨우는 어떤 각성제다. 단순히 잠을 깨우는 역할을 한다기보다는 글을 쓰기 전에 시동을 거는 작업이라고 할 수 있지. 창작을 하기 전에, 창작자들이 하는 행동이 각자 있을 텐데, 내게는 커피가 그렇다. 단순히 이것이 내 루틴이기 때문에. 나의 몸에 예열을 하고 시동을 거는 행동. 커피 한 잔 마시지 않으면 글쓰기를 시작하기 어렵다. 그러니 내 글은 언제나 커피와 함께했다고 할 수 있겠지.

집 앞에 24시 영업을 하는 카페가 있다. 코로나가 지나간 후에는 24시 영업을 하는 가게도 거의 사라졌는데, 그나마 남은 카페라고 할 수 있다. 마스크를 끼고 살기 이전에는 어땠는지조차 잘 기억나지 않는 걸 보면 전염병은 몇 년의 시간 동안 우리에게 아주 큰 자상을 남겼구나, 하고 생각하게 된다.

새벽의 카페에서는 다양한 사람을 만날 수 있다. 나처럼 노트북을 켠 채로 앉아 작업하는 사람도 있는 한편, 술자리를 이제 막 끝내고 그 열감을 식히지 않은 채 커피를 마시러 찾아온 사람들. 그리고 별 까닭 없이 가만히 앉아서 커피를 홀짝이는 사람도 있다. 각고의 사정을 안고 잠에 들지 못한 자들. 어떤 방식으로든 잠 못 들고 길가를 떠돌다 카페까지 찾아오는 사람들에게 묘한 동질감을 느끼게 된다. 불면의 동지들. 저도 잠을 못 자요. 속으로 말을 걸어보기도 한다.

내게 영원히 관념일 것

나는 스무 살 때부터 기숙사에서 지냈기 때문에, 여태 동거인이라고 부를 만한 사람이 많은 편이었다. 그중에서도 기억에 남는 건 22살 겨울. 내가 계절학기를 수강하는 한 달 동안 함께 지낸, 나보다 두 살이 많은 선배였다. 간단한 정보가 기억날 법도 한데. 기억나는 게 정말 몇 가지 없다. 무슨 전공을 하고 있었는지, 어떤 얼굴을 하고 있었는지, 생활 패턴이 어땠는지. 분명 적지 않은 대화를 나누었는데도.

그해 겨울은 무척 추웠다. 칼바람이 부는 와중에 본가에서 가져온 옷은 얼마 없었다. 얇은 옷을 겹겹이 입고 찬바람이 가시지 않은 몸으로 외출을 하고 돌아오면 창가와 가까이 붙은 책상에 앉아 노트북을 하거나 책을 보고 있던 언니가 생각난다. 처음에는 몇 마디 대화를 나누기도 했지만, 맞는 구석이라곤 취미도, 관심사도 없었다. 그래서 서로가 서로에게 겸연쩍은 대답을 했고, 나중에 가서는 서로가 서로를 모른 척하며 말 한마디 나누지 않으며 지냈다.

몇 평도 채 되지 않는 좁은 방 안에서. 함께 자고 깨고를 거듭 반복하던 두 사람이었지만, 내게 그 언니는 없는 사람이나 다름없었고, 그 언니도 나를 모른 체 했다. 그렇게 짐을 빼는 마지막 날이 금방 다가왔고. 짧아진 해는 오후 네 시에도 완전히 저물 듯 말 듯한 풍경이 되어 창가를 지키고 있었다. 우리는 노을빛을 조명 삼아 커다란 상자를 들고 와 각자 자신의 이부자리와 책장을 깨끗하게 정리하고 나가는 순간까지도 안녕이라는 말을 건네지 않았다.

그리고 나오는 길에 다시 생각해 보니, 처음부터 그 언니의 이름을 묻지 않았다는 사실을 알게 되었다. 내게는 영영 익명인 채로 추운 겨울과 함께 하나의 관념으로만 남을 그 언니를 가끔 떠올리게 된다.

사랑과 사람

사랑이라는 단어를 마지막으로 써 본 게 언제였더라. 기억나지 않는다. 내게 사랑이란 너무도 멀고 까마득한 단어. 그 단어를 알사탕처럼 몇 번이나 입 안에 굴려보아도 도무지 가까이 다가오는 것 같지는 않다. 내게 사랑은 아무 맛도 나지 않는구나. 단맛도 쓴맛도 매운맛도 아니고. 단순히 여기 있구나, 하고 형태감만 느껴지는 무언가.

그 영향인지는 모르겠다. 내가 쓰는 글 안에서도 사랑이라는 단어는 거의 등장하지 않는다고 봐도 무방하다. 그래서 사랑이라는 단어에 대해 간절하게 쓰고 싶다고도 생각했다. 가장 낯선 것으로부터 끌어오는 감각은 가장 새로운 거니까.

보통 사랑이라고 하면 연인 관계나 사람을 사랑하는 일을 떠올리게 되지만, 나는 사랑이라는 단어에 가장 먼저 생각나는 건 왜인지 내 친구 S다. 초등학교 때 우연히 앞자리와 뒷자리에 마주앉게 된 우리는 뜨개질을 같이하면서 친해진 사이였다. 나는 왜 갑자기 뜨개질을 하고 싶었던 걸까. 당시에 그에게 배운 뜨개질 하는 방법도, 심지어 코를 만드는 방법조차도 지금 완전히 잊어버렸지만, S는 뜨개질로 목도리를 만들어 겨우내 두르고 다니는 친구였다. 사람들은 자신이 가지지 못한 것을 가진 사람을 좋아하게 된다고들 하던가. 적어도 나에게 S는 그런 친구였다.

S는 고양이를 세 마리 키우는 친구였다. 지금은 두 마리가 되었지만. 내게 있어 S는 가장 사랑이 넘치는 사람으로 보였다. 그는 가진 사랑의 총량을 무한하게 반려동물에게 돌리고 싶은 것처럼 보였고, 그건 어쩌면 내가 할 수 없는 영역처럼 보였기 때문일지도 모른다. 무언가를 돌보기. 그러면서도 보답받지 않아도 된다고 생각하기. 내게는 너무도 어려운 일이다.

사흘에 한 번 물만 줘도 된다는 화분 하나를 들여도 금방 시들게 만드는 내가. 작은 생명 하나에도 심혈을 기울이지 못하는 내가. 뜨개질 하나를 하더라도 목도리 하나조차 만들 수 없는 내가. 무언가를 사랑할 자격이 주어질 수는 있는 걸까. 나는 나 자신을 잘 알고 있었다. 이럴 땐 손미 시인의 「사람을 사랑해도 될까」라는 시가 떠오른다. 무언가를 사랑할 자격조차 갖추지 않은 것 같은 내가 사랑을 해도 될까. 사랑이라고는 없는 사회에서. 모두가 사랑을 포기한 세계에서 계속 무언가를 사랑할 수 있는 것일까.

내게 사랑하는 일이라는 건 사람만이 할 수 있는 행동 같다. 사랑을 한다는 건 사람답다는 의미겠지.

아무에게

안녕하세요. 성은이에요.

잘 지내고 계신가요? 이제는 정말 겨울이 가까워졌네요. 한 해가 끝나간다는 걸 믿을 수 없을 정도로 시간이 빠르게 갔어요. 어릴 때 저는 누구보다 빠르게 어른이 되고 싶었는데요. 정말 어른이 되어 보니 계절이 지나가는지도 모르고, 금방 가버리는 시간이 의아하게 느껴지기도 하네요. 건조하니만큼 마음이 참 차게 식기 좋은 나날이에요. 작은 가방 한 구석에 핸드크림과 립밤을 챙겨 다니는 계절이 되어 버렸어요. 외출을 하지 않고 오직 시를 쓰는 데에 몰두하던 그 며칠 사이에 짧았던 단풍의 시기도 금방 가버렸습니다. 가을이 다 저물기도 전에 큰 눈이 한바탕 내렸어요. 푸릇하고 노랗게 지는 잎사귀를 기다리지도 못한 채, 완전히 풍경을 뒤덮어버리는 무거운 눈이.

최근의 저는 모르는 사이에 상처가 자주 생기곤 합니다. 자고 일어나면 다리에 들어있는 멍이. 길거리를 나다니면서 누군가의 신발에 차이며 생긴 상처가. 언제 다쳤는지도 알 수 없는 생채기를 손끝으로 쓸어보면서. 삶을 살아간다는 건 자신도 모르는 사이 훼손되는 일을 견딘다는 것을 알게 되어요.

사람들은 자신이 아프다는 걸 알게 되는 순간부터 통증이 느껴진다고 하던가요. 그 말이 꼭 맞는 것 같기도 해요. 상처를 인식하는 순간부터 앓기 시작하니까요. 모르고 있으면 차라리 나았을까. 모르는 채로 낫기까지 기다리는 게 더 지혜로운 일이었을까. 무겁고도 새하얀 눈 아래에 깔린 단풍처럼, 그렇게 덮어버리면 낫지 않을까. 종종 알게 된다는 건 참 무서운 일이라는 생각이 듭니다.

제가 서울에서 지내게 된 지 이제 몇 년이 되어갑니다.

이곳은 참 평온하고도 불행한 곳이에요. 음식점. 카페. 미용실. 회사. 옷 가게. 학원. 편의점. 수많은 공간이 이 좁은 도시 안에 즐비하지만, 어디를 가도 아무도 제 이름을 물어보지 않습니다. 저도 누군가의 이름을 묻지 않는 것처럼요. 가끔 합정역과 교대역을 바쁘게 환승해가는 수많은 사람 모두에게 각자의 이름이 있다는 게 이상하게 느껴집니다. 이 거대한 익명성은 저를 거대한 공간 속에서 안정하게 만들기도 했지만, 또한 불안하게 만들기도 합니다. 정말 이리도 많은 개개인 사이에서 나는 고유할 수 있을까. 나는 나로서 있는 게 가능할까. 나는 정말 '아무'가 아닌지. 그리고 지금 이 많은 사람들이 전부 자신의 집으로 가고 있다는 사실조차도 이상하고 신비로워요.

서울이 온전히 저의 집이 될 수 있을까요. 서울에 지내는 사람들 중 이곳이 자신의 집이라고 생각하는 사람이 정말 있을지 모르겠어요. 저는 이곳에서 지내는 내내 어디론가 돌아가야 한다고. 목적지가 어딘지는 모르겠지만, 아무튼 끝에는 어디론가 서울이 아닌 곳으로 가야 한다고. 속으로 계속 되뇌었습니다. 그러나 저는 끝내 어디로 벗어나지도 못 한 채 모든 걸 덮어둔 채로 이곳에서 지내고 있군요.
다리에 생긴 생채기처럼.

　편지를 마지막으로 쓴 게 언제인지 기억이 나지 않아요.
　혹독한 추위를 잘 지내고 계신가요? 당신의 이름은 무엇
인가요.

이전과 다르지 않다, 아마 미래도

초판 1쇄 발행 2026년 1월 9일

지은이 추성은

펴낸이 김규열

편집   김규열

디자인 김규열

펴낸곳 출판사 결

등록   2022년 5월 17일 제2024-000068호

이메일 gyeolpress@gmail.com | 인스타그램 @gyeolpress

ISBN   979-11-992356-2-5 (03810)